SING FÜR MICH, COWBOY

Texas Matchmakers Serie, Buch Elf

DEBRA CLOPTON

Sing für mich, Cowboy

Eine „Ehefrauen gesucht"-Kampagne für die einsamen Cowboys der sterbenden Stadt Mule Hollow? Eine weit hergeholte Idee, die jedoch funktioniert!

Sugar Ray Lenox' Hollywood-Träume stecken in einer Krise, und während sie auf ihren großen Durchbruch wartet, fährt sie nach Mule Hollow, um einer Freundin in Not zu helfen ... Sugar Ray war immer eine Kämpferin, darum ist sie vielleicht am Boden, doch ihre Träume gibt sie deshalb noch lange nicht auf.

Rancher Ross Denton hatte seinen Anteil am Ruhm und hat ihn hinter sich gelassen. Jetzt will er sich nur verlieben, heiraten und ein schönes, ruhiges Leben führen ... das Letzte, was er will, ist, in seiner Scheune ein Theater zu eröffnen, doch plötzlich hat die Schönheit, der er aus dem Weg zu gehen versucht, genau das im Visier ... und es fällt ihm schwer, ihr zu widerstehen. Doch könnte das Kleinstadtleben mit ihm ausreichen, um Sugar hierzuhalten?

Ist dies die Hauptrolle in ihrer Liebesgeschichte, die Rolle ihres Lebens, nach der Sugar Ray gesucht hat?

KAPITEL EINS

Ross Denton zog seine Handschuhe aus und starrte den Traktor an. Mit Bibern, die versuchten, eine gute Weide in einen See zu verwandeln, und einem neuen Traktor, der den Preis für den Montagstraktor des Jahres gewinnen wollte, war seine sonst so fröhliche Stimmung schnell den Bach runtergegangen. Er ging zu seinem Truck und fuhr in Richtung Stadt, entschlossen, mit seinem Tag etwas Produktives zu erreichen.

Als er die Straße erreicht hatte, flogen die zwei kurzen Meilen nach Mule Hollow vorbei, und innerhalb von Minuten hatte er am Ende der Main Street geparkt und stapfte zu *Pete's Feed and Seed*. Wenn Pete bestellen konnte, was Ross für seinen Traktor brauchte, und es über Nacht geliefert werden würde, dann würde morgen vielleicht ein besserer Tag werden. Sofort blieb seine Aufmerksamkeit bei einer Blondine in einer schwarzen Rüschenbluse, einer Hose mit Zebramuster und einem Paar Riemchensandalen mit Absätzen so hoch wie Zaunpfosten auf dem Plankenweg hängen. Sie kämpfte mit einem Koffer, der in einem alten Kombi feststeckte – nicht gerade ein üblicher Anblick in einer Kleinstadt wie Mule Hollow in Texas.

Mit der Hand an der Tür des Futterladens hielt Ross inne und beobachtete, wie die Frau mit dem Koffer kämpfte. Das hässliche Fahrzeug sah aus wie das, das seine Mutter gefahren hatte, als er ungefähr zehn Jahre alt gewesen war. Das Grün verblasst, mit den typischen Holzpaneelen entlang der Seiten, hatte es sicher schon bessere Tage gesehen. Doch er sah das Auto nicht so sehr an wie die Frau. Sie hatte ihm den Rücken zugekehrt, und während er zusah, stemmte sie einen lächerlich hohen Absatz gegen den Kotflügel, umklammerte den Griff des Koffers und zog daran.

„Whoa!", rief Ross und rannte auf sie zu, als der Koffer plötzlich freikam und sie zurückstolperte. Zu weit weg, um sie vor der Landung auf dem Gehweg zu bewahren, zuckte er zusammen, als sie mit einem dumpfen Schlag auf das raue Holz traf. Autsch! Das musste wehgetan haben.

Dass der Koffer auf ihr gelandet war und dann von ihr heruntergerutscht war, konnte sich auch nicht gut angefühlt haben. Sie schien zu weinen, als er sie erreichte. Vornübergebeugt, mit zitternden Schultern, schluchzte sie in ihre Hände.

Er ging neben ihr in die Hocke. „Ma'am, wo tut es weh?" Er legte seine Handfläche auf ihre Schulter, er wusste nicht, wie er sie trösten sollte, doch er wusste, dass er es versuchen musste.

Sie holte zitternd Luft und sah mit leuchtenden Augen zu ihm auf, ihre Farbe die grüner Oliven mit goldenen Wirbeln. Er hatte noch nie Augen gesehen, die so intensiv waren – oder so voller Lachen!

Sie *lachte*. Schließlich wurde er sich der Geräusche bewusst, als sie ihn mit einem breiten Grinsen ansah. Sie hatte die süßesten Grübchen.

„Zu komisch." Sie wedelte mit der Hand vor ihrem Gesicht und biss sich auf die Lippen, doch das Kichern kam trotzdem heraus.

„Sie sind nicht verletzt?", fragte er, verlegen, dass er mit ihr grinsen musste. Sie konnte trotz ihres Lachens verletzt sein. Manche Leute reagierten seltsam auf Schmerzen.

Sie nickte. „Mir geht's gut." Ihre Züge entspannten sich ein wenig, als sie langsam wieder zu Atem kam. Ihre Grübchen verschwanden nicht vollständig, was ihrem Blick etwas Schelmisches verlieh. Er fragte sich, ob das ein Spiegelbild dessen war, was unter dieser lebhaften Ausstrahlung lag.

„Sugar, was in aller Welt ist passiert?"

Ross blickte auf und sah Haley Sutton, Mule Hollows einzige Immobilienmaklerin, in der Tür ihres Büros stehen.

„Sie ist hingefallen und jetzt kann sie nicht aufhören zu kichern", sagte er.

„Das ist Sugar. Wenn sie anfängt, kann sie manchmal nicht aufhören zu lachen", erklärte Haley. Ein Telefon im Büro klingelte. „Anstrengender Tag! Hilf ihr, Ross, ich muss ans Telefon. Junge, bin ich froh, dass du hier bist, um mir zu helfen, Sugar!"

„Natürlich", antwortete Ross. Er hatte bereits vorgehabt, ihr aufzuhelfen. Er war sich mehr als bewusst, dass ihm gefiel, was er sah. Obwohl er die Zebrastreifenhosen und die Wolkenkratzer-Absätze nicht mochte, diese Grübchen waren nach seinem Geschmack. Das Gesicht der Frau war offen und einladend, mit einem Mädchen-von-nebenan-Reiz, der ihn fesselte. Und es war ganz außergewöhnlich, wie ihre Augen das Licht einfingen.

„Danke, Cowboy!" Sie nahm seine angebotene Hand mit festem Griff und lächelte, als sie aufstand.

„Ross Denton, freut mich, Ihnen helfen zu können." Noch immer ihre Hand haltend, spürte Ross eine reine Anziehungskraft, die seinen Puls zum Summen brachte.

„Sugar Ray Lenox. Ich war Haleys Assistentin in

L.A." Sie zog ihre Hand zurück und winkte dem Gebäude zu. „Ich bin hier, um ihr für ein kurzes Weilchen im Büro zu helfen."

Er nahm das „kurze Weilchen" mit Enttäuschung zur Kenntnis. „Schön, Sie kennenzulernen, Sugar Ray. Das werden Sie sicher dauernd gefragt, aber sind Sie nach Sugar Ray Leonard benannt?"

Sie nickte. „Aber es ist eine lange Geschichte, und ich muss da rein, also werde ich Sie jetzt nicht damit langweilen. Sie ... nein. So alt sind wir nun auch wieder nicht! Wie wäre es mit du? Danke, dass du mich vom Boden aufgeklaubt hast." Sie wandte sich wieder dem Fahrzeug zu und griff nach einem weiteren Koffer. Die Art und Weise, wie sie das Heck ihres Kombis beladen hatte, konnte es mit den Dammbautechniken seiner lästigen Biber aufnehmen.

„Hier, lass mich das für dich nehmen." Er griff nach dem Koffer.

„Nicht nötig, ich schaff das schon. Ich habe ihn schließlich auch hineingelegt."

„Sieht aus, als hättest du einen Bulldozer benutzt."

„Wie hast du das nur erraten?"

Er betrachtete die Ansammlung von Koffern, Kisten und Haushaltswaren, die im Auto verstaut waren. „Zufallstreffer. Aber wirklich, ich helfe dir beim Ausladen. Hier." Vorsichtig zog er den Koffer heraus und dann ein paar Kisten, die er auf den Gehsteig stellte.

Sugar zuckte mit den Schultern. „Pass nur auf, Cowboy. Ich werde zwei starke Arme sicher nicht ablehnen. Aber ich warne dich ein letztes Mal. Wenn du weißt, was gut für dich ist, machst du kehrt und rennst weit, weit weg. Meine Sachen auszupacken wird eine Herausforderung, die du vielleicht bereuen wirst."

„Sugar", sagte er gedehnt und lächelte in ihre verspielten Augen. „Ich glaube, ich bin bereit für die Herausforderung."

Sie zog eine Augenbraue hoch. „Ach ja, Cowboy? Dann müssen wir einfach sehen, nicht wahr?"

Sie scherzte, er jedoch nicht.

Noch vor wenigen Minuten hatte er gedacht, dass heute ein düsterer Tag werden würde.

Falsch. Das Potenzial des Tages war gerade in die Höhe geschossen, und dem Funkeln in ihren Augen nach zu urteilen, versprachen die kommenden Tage in Mule Hollow alles andere als langweilig zu werden.

„I Need a Hero" spielte in Sugars Kopf, als sie und der schneidige Ross, der Cowboy, einander anlächelten.

Wer war dieser umwerfende Typ? *Okay, zwei Schritte zurück, Schwester!* Sie war nicht hier, um in dieser winzigen Stadt zu flirten, sich zu verabreden oder ihr Privatleben anderweitig zu verkomplizieren. Sie war nicht hier, weil sie hier sein wollte ... oh nein, dieses Stadtmädchen wollte zurück nach L.A. und in der fantastischen romantischen Komödie mitspielen, in der sie fast die Hauptrolle bekommen hätte. Die, die sie wie alle anderen nur knapp verpasst hatte. Sie hatte keine Zeit für echte Romantik – sie war hier, weil ihre Träume den Bach runtergingen und sie unbedingt etwas erreichen wollte. In Hollywood spielte das Alter eine Rolle, und wenn sie Amerikas nächstes Sweetheart werden wollte, musste sie ihre Schauspielkarriere ins Rollen bringen, bevor die Produzenten sie für zu alt hielten! Mule Hollow war ein Schuss ins Blaue. Sie war hier, um ein Theaterstück aufzulegen, eine Sommeraktion, die für Aufsehen sorgen würde. Danach würde sie wieder nach L.A. gehen, wo sie endlich die dringend benötigte Aufmerksamkeit von den Regisseuren gewinnen würde, die sie immer wieder übergingen.

Also, sagte sie sich entschlossen. Sie war nicht hier, um attraktive Cowboys mit auffälligen grünen Augen und sexy Stimmen anzustarren. Aber trotzdem ... Die Sache war die, sie *brauchte* einen Helden für die Show, die sie produzieren wollte, und wenn dieses Prachtexemplar eines Texaners den Job wollte, dann hatte er ihn. Auf der Stelle.

„Ich bin wieder da", sagte Haley, platzte durch die offene Tür und unterbrach Sugars aus der Bahn gelaufene Gedanken. „Schnappt euch alle ein Gepäckstück und lasst uns die Wohnung aufschließen, bevor das Telefon wieder klingelt", fügte sie eilig hinzu. „In letzter Zeit rufen immer mehr Leute an und wollen sich Immobilien hier draußen ansehen. Ihr glaubt einfach nicht, wie viele Leute Mollys Artikel in diese Gegend gelockt haben."

„Das ist doch toll", sagte Sugar. Molly war eine Journalistin, die in Mule Hollow lebte und eine Kolumne über das Leben hier schrieb – die Kleinstadt, die eine Anzeigenkampagne gestartet hatte, um Frauen in den Ort zu bringen, die dann all die einsamen Cowboys heiraten sollten. Die Kolumne war unglaublich beliebt, und Sugar zählte auf diese Popularität, um ihre Träume wahrzumachen. Es würde funktionieren. Es *musste* funktionieren. Und der Anblick des gutaussehenden Cowboys neben ihr half ihr, positiv zu denken.

Haley nahm einen der Koffer, die Ross auf den Gehsteig gestellt hatte, während Sugar ihn sabbernd angestarrt hatte, und ging zur Seite des Gebäudes.

Sugar hob die Kiste zu ihren Füßen auf, während Ross den Riemen ihrer Reisetasche über seine Schulter streifte und dann ihre beiden größeren Koffer aufhob. Er nickte, um ihr zu bedeuten, vorzugehen. Mit klirrenden Nerven ging sie voraus um die Ecke, wo Haley bereits die Treppe an der Seite des Gebäudes hinaufstieg.

„Ich war vorhin schon hier und habe die Klimaanlage für dich eingeschaltet", sagte Haley, als sie die Tür oben an der Treppe aufstieß.

Sugar folgte ihr. Die Kühle war sehr willkommen angesichts der Hitze Ende Juni. Drinnen blieb sie stehen. „Oh. Wie süß!"

„Wohl wahr." Ross spähte über ihre Schulter und lenkte Sugar mit seiner Nähe ab. Der Mann *roch* auch noch gut.

„Ich wette, es hat noch nie so schön ausgesehen", sagte er, und sein Atem flüsterte über ihre Wange.

Sugar atmete langsam ein und drehte ihren Kopf zu ihm um. Ihre Gesichter waren nicht einmal zehn Zentimeter voneinander entfernt. „Es ist wirklich schön", sagte sie und sprach offensichtlich nicht über die Wohnung. Seine schönen grünen Augen verdunkelten sich vor Interesse. Sofort wurde ihr Mund trocken.

„Ich könnte nicht mehr zustimmen", sagte er und senkte seine Stimme zu einem heiseren Grollen. „Macht es dir was aus?"

„Macht was aus?", fragte sie.

„Aus der Tür zu treten, damit ich reinkommen kann?"

Sie erstickte fast vor Verlegenheit, als sie quer durch den Raum floh und ihm so viel Platz gab, wie er brauchte.

Was hatte sie sich nur gedacht?

Die Klimaanlage lief auf Hochtouren, doch es war keine Luft im Zimmer. Null, nada, absolut keine! Tatsächlich schien der Raum wie Plastikfolie in einer Mikrowelle zu schrumpfen, als Sugar spürte, wie die sengende Hitze der Verlegenheit ihre Wangen rötete.

Wirklich, Sugar, wo hast du deinen Kopf gelassen?

„Ich hoffe, sie gefällt dir", sagte Haley. Sie hatte ihnen den Rücken zugekehrt, darum hatte sie Sugars Schulmädchenreaktion auf Ross nicht gesehen.

Jetzt stellte sie den Koffer, den sie trug, neben die Schlafzimmertür und sah Sugar an. „Stimmt was nicht?"

„Nein, überhaupt nicht. Ich habe nur die Wohnung bewundert." Sie warf Ross einen finsteren Blick zu, als er wissend lächelte.

Haley war sich der Spannung im Raum nicht bewusst und fuhr fort. „Hat wirklich Spaß gemacht, zu malern und Möbel zu suchen. Ich habe dabei immer an dich gedacht, weil ich wusste, dass ich dich anrufen und dir den Job anbieten würde, sobald sie fertig ist."

Obwohl sie abgelenkt war, war Sugar gerührt. „Ich liebe die Wohnung." Sie fuhr mit dem Finger über den weichen cremeweißen Stoff des Sofas.

„Natürlich wird erst alles lebendig, wenn deine Sachen dazukommen. Ich habe einfach versucht, ansprechende Möbel in neutralen Farben zu finden, mit denen man arbeiten kann."

„Es gefällt mir wirklich. Danke!" Sugar umarmte Haley und war ein bisschen verlegen, da sie wusste, dass Ross zusah.

„Ich bringe deine anderen Sachen hoch. Ihr zwei Ladys nehmt euch Zeit." Er tippte an seinen Hut und ging um sie herum, wobei sein Arm ihren streifte.

Sugar wusste, dass sie die Wohnung lieben würde. Doch trotz ihrer besten Absichten war es nicht die Wohnung, an die sie dachte – oh nein. Es war dieser Cowboy!

KAPITEL ZWEI

Konzentriere dich, Sugar Ray! Konzentrier dich!
Leichter gesagt als getan, dachte Sugar. Ross gab ihr das Gefühl, das sie immer kurz vor dem Vorsprechen bekam: Eine Kollision von Nerven und Adrenalin. Es war eine sehr beunruhigende Reaktion. Völlig unerwartet und unerwünscht.

Sugar versuchte, sich wieder zusammenzureißen, und folgte Haley durch die Wohnung, während sie sich das Schlafzimmer und das kleine Bad ansah. Dann gingen sie mit Ross zurück zum Auto. Zu ihrer Überraschung warteten andere Leute, um sie zu treffen und beim Ausladen zu helfen. Sie freute sich über die Begrüßung und die Ablenkung.

Da waren die Mädels vom Friseursalon auf der anderen Straßenseite, Lacy und Sheri. Sugar wusste, dass sie zwei der Frauen waren, die dazu beigetragen hatten, die kleine Stadt wiederzubeleben. Ashby und Rose von der Boutique waren auch da. Sugar fühlte sich, als ob sie sie bereits kennengelernt hätte, nachdem Molly über alle in ihrer Kolumne geschrieben hatte. Die vier Damen vom Süßwarenladen nahmen sich auch eine Minute von der Arbeit, um Hallo zu sagen und ihr ein Begrüßungsgeschenk zu überreichen.

„Wow", sagte sie und starrte auf den Korb voller köstlicher Pralinen. „Unglaublich, dass es noch nicht lange her ist, dass es in dieser Stadt fast keine Frauen mehr gegeben hat. Jetzt sieh sich einer das an." Die Main Street hatte sich mit Frauen gefüllt, und alle kamen zusammen, um einem Neuankömmling das Gefühl zu geben, willkommen zu sein. Sugar war gerührt von ihrer Freundlichkeit – und sie konnte es kaum erwarten, sich über den Inhalt des Korbs herzumachen. Sie fühlte sich ein wenig schuldig, weil sie nicht ganz glücklich war, hier zu sein.

Haley seufzte. „Es gab eine Zeit, in der ich gedacht habe, es gäbe keine Hoffnung für Mule Hollow. Junge, habe ich mich geirrt", sagte sie lächelnd. „Ich weiß, dass du hier bist, um mir zu helfen und um deine Schauspielkarriere voranzutreiben, aber ich denke, die Stadt wird dir auch ans Herz wachsen."

Sugar warf ihr einen verspielten, aber ernsthaft warnenden Blick zu. „Vielleicht, aber Haley, ich bleibe nicht hier."

Alle machten sich auf den Weg die Treppe hinauf, wobei jeder etwas aus dem Auto trug. Sheri schenkte Sugar ein fröhliches Lächeln, als ihre schicken roten Stiefel auf den Stufen klapperten. „Hast du unsere alten Damen schon kennengelernt?"

„Die alten Damen?"

Lacy rief hinter ihr hervor: „Norma Sue, Esther Mae und Adela. Die Damen, die sich diesen großartigen Plan ausgedacht haben, um den Ort zu retten. Du wirst sie lieben."

Sugar warf Lacy über ihre Schulter einen Blick zu. Sie sprach von den Kupplerinnen! Die alten Damen waren die Stars von Mollys Kolumne. Abgelenkt bemerkte sie kaum, als die große Kiste mit Küchenutensilien ein wenig aus ihrem Griff glitt, als sie das obere Ende der Treppe erreichte. Ross kam gerade aus der Tür, warf einen Blick auf ihre Ladung und griff danach.

„Ich nehme das", sagte er. „Du solltest das schwere Zeug für mich lassen. Denk daran, ich habe dir gesagt, dass ich für die Herausforderung bereit bin." Er nahm die Kiste, aber Sugar ließ sie nicht los.

Sie blickte mit neckender Skepsis zu ihm auf und versuchte, sich die Anziehung, die sie spürte, nicht anmerken zu lassen. „Ich weiß nicht, du siehst ein bisschen zwielichtig aus, als würdest du dich vielleicht vom Acker machen wollen."

Er nahm ihr die Kiste ab, als wäre es eine Streichholzschachtel. „Keine Chance, Sweetheart."

Sie schnaubte und griff hinter ihn, um ihm die Tür aufzuhalten. Es reichte nicht aus, dass der Mann diesen gedehnten Texas-Drawl hatte, der sie innerlich in Aufruhr versetzte. Er musste auch noch ritterlich sein. Und er hatte einen charmanten Sinn für Humor … Sie bemerkte, dass Lacy und Haley sie beobachteten, und schnaubte erneut, als sie ihr Lächeln sah. Als sie Ross in die Wohnung folgte, sah sie dasselbe Lächeln bei Sheri.

„*Umwerfend*", murmelte Sugar leise hinter seinem Rücken, dann ging er wieder die Treppe hinunter, um eine weitere Kiste zu holen.

Natürlich endete es für sie bei dem Gedanken, dass er gut aussah. Verdammte Nervosität und überaktive Fantasie, sie war nicht hierhergekommen, um zu daten. Ihr Ziel zu erreichen, würde jede freie Minute und jedes bisschen Konzentration in Anspruch nehmen.

Sugar machte sich nicht wirklich Sorgen, dass Haley und ihre neuen Freunde auf dumme Ideen kamen. Sie würden früh genug erfahren, dass sie sehr zielstrebig war, wenn es darum ging, als Schauspielerin erfolgreich zu werden. Es war der Traum, den sie seit ihrer Kindheit hatte. Der Traum, der ihr geholfen hatte, schwierige

Tage als kleines Mädchen zu überstehen, das zu krank war, um mit seinen Freunden draußen zu spielen. Zu krank, um Freunde *zu haben* … Es war ein Traum, von dem sie wusste, dass er wahr werden sollte, und sie würde ihn nicht aufgeben.

Der Kombi war bei all den Helfern im Handumdrehen ausgeladen. Sie waren alle wieder nach unten gegangen und standen herum und redeten, doch als Ross sah, dass es keine Kisten oder Koffer mehr zu tragen gab, tippte er an seinen Hut und wollte gehen.

Er hatte nur einen Schritt gemacht, bevor er sich umdrehte. „Ich stehe im Telefonbuch. Wenn du noch irgendwas brauchst, ruf mich einfach an. Und wenn du zufällig noch andere Herausforderungen hast, bin ich auch nur einen Anruf entfernt." In seinen Worten lagen eine gewisse Überheblichkeit und Neckerei. Seine Augen waren jedoch völlig aufrichtig.

Sugar sah ihm nach, als er die Straße entlangging und im Futterladen verschwand. Erst dann entspannte sie sich. Dass er gegangen war, war eine Erleichterung. Trotz ihrer Entschlossenheit, sich nicht zu erlauben, sich für ihn zu interessieren, war sie jedes Mal abgelenkt worden, wenn seine grünen Augen ihren begegneten. Der Mann hatte eine Art, sie anzustarren, die ihr das Gefühl gab, der einzige Mensch weit und breit zu sein. Es war ein wenig nervig. Sie fragte sich, ob sich jede

Frau, die er ansah, so fühlte. Doch es könnte sich als nützlich erweisen, wenn sie ihn dazu überredete, für ihre Show vorzusprechen. Diese durchdringenden Augen würden sicher in der Lage sein, eine Verbindung zu einem Publikum aufzubauen.

„Es ist wirklich toll, dich hier zu haben", sagte Lacy und zog Sugars Kopf aus den Wolken. „Es ist einfach total spannend! Als Haley gesagt hat, dass du Schauspielerin bist und ein Theater in der Stadt eröffnen willst, habe ich eine Gänsehaut bekommen. Wirklich. Wir spielen regelmäßig und ich sehe gute Dinge hier drinnen – " Sie tippte an ihre Schläfe „ – mit dir im Mittelpunkt unserer Produktionen. Ich kann es kaum erwarten, mich mit dir zusammenzusetzen und Ideen auszutauschen."

Ohne zu wissen, wie viel Haley erklärt hatte oder wie Haley ihre Pläne interpretierte, sagte Sugar nur: „Das wäre großartig."

In diesem Moment fuhr ein Auto auf der anderen Straßenseite vor dem Salon in eine Parklücke. „Das ist mein Drei-Uhr-Schnitt", sagte Lacy. „Aber wir reden bald. Ich liebe Menschen mit großen Ideen, besonders solche, die Mule Hollow beim Wachsen helfen werden. Bis später." Sie wirbelte herum und rannte los, um ihre Kundin zu begrüßen.

Sheri wollte ihr folgen, hielt aber inne. „Hey, suchst

du einen Ehemann?"

„Nicht im Moment. Warum?" Sugar war sich nicht sicher, was sie von Sheri halten sollte.

„Wenn dem so ist, solltest du vielleicht die Funken, die zwischen dir und Ross fliegen, ein bisschen runterfahren, wenn du die Ladys triffst. Das heißt, es sei denn, du bist auf ein bisschen Hilfe in Sachen Romantik vorbereitet." Sie riss die Augen zu einem übertrieben warnenden Blick auf.

„Hey, der Typ ist umwerfend, und ich bin nicht blind. Aber abgesehen davon, dass ich mich voll und ganz auf meine Karriere konzentriere, bleibe ich nicht lange hier. Wenn eure Kupplerinnen das erst einmal begriffen haben, dann werden sie schon nicht auf dumme Gedanken kommen, Funken hin oder her."

Sheri warf ihr einen schiefen Blick zu. „Nichts davon ist wichtig, glaub mir. Ross Denton ist nicht nur ein hübsches Gesicht. Oh nein. Er ist ein bodenständiger, rundum großartiger Kerl. Er ist bereit, sich niederzulassen und eine Familie zu gründen, und glaub mir, wenn sie sehen, wie er dich anstarrt – nun, ich habe zwei Worte für dich. Pass. Auf." Sie drehte sich um und ging dann zurück in den Friseursalon.

Sheri deutete an, dass es Ärger geben könnte. Sugar beobachtete sie, bis sie im Salon verschwand. Nein. Viel Glück an alle Kupplerinnen, die dachten, sie könnten sie verkuppeln, ohne, dass sie es wollte. Wenn sie sie als Zielscheibe sahen, würden sie feststellen, dass Amors Pfeile in ihrem Fall stumpf waren.

Nicht, dass sie es nicht irgendwann wollte … Irgendwann in ferner Zukunft, wann auch immer das sein würde. Doch so schnell würde es nicht passieren.

Eine Stunde später betrat Sugar *Sam's Diner*, begleitet von Haley und den berüchtigten Kupplerinnen. Sie waren ein Haufen wirklich entzückender älterer Damen – eine Art Mischung aus Miss Bea, Lucy und den Golden Girls. Sie genoss ihre Unterhaltung mit ihnen, als sie den Raum betrat, bis sie sich plötzlich umsah und ihr die Realität ihrer Situation mit unverblümter Klarheit bewusst wurde. Sie war ein Stadtmädchen. Sie liebte es, ein Mädchen aus der Stadt zu sein, und betrachtete die Dinge, die damit verbunden waren, als selbstverständlich. Sie sprach von Kaffee. Nicht irgendeinem Kaffee, sondern von süßem, cremigem Mokka mit Zimt und Karamell. Sie liebte ihren Starbucks, und wenn sie gehofft hatte, in Mule Hollow ihren Lieblings-Latte zu bekommen – nun, dieser Irrtum platzte wie eine Seifenblase, sobald sie *Sam's Diner* betrat.

Sie blieb wie angewurzelt stehen, und die schwere

Holztür schlug ihr fast gegen den Po, als sie hinter ihr zufiel. Sie war so aufgewühlt, dass sie es kaum bemerkte. Alte Holztische, Dielenböden und verwitterte Holzwände begrüßten sie. Nein, Sir, sie würde hier keinen Karamell-Mokka-Latte mit einer Prise Zimt bekommen, das war sicher. Eine Sehnsucht nach ihrem Lieblingsgetränk packte sie, und sie unterdrückte ein Stöhnen, als ihr bewusst wurde, dass sie Glück hätte, wenn Sam Magermilch für ihren Kaffee hätte. Auf jeden Fall konnte sie sich von Schlagsahne verabschieden. So wie dieser Laden aussah, konnte es glatt sein, dass er seinen Kaffee über dem Lagerfeuer kochte!

Oje, es fühlte sich wirklich an, als wäre sie in die Vergangenheit zurückversetzt worden, und für ein Mädchen, das die modernen Annehmlichkeiten der Stadt liebte, klang „Zurück in die Vergangenheit" nicht so gut.

„Was denkst du?", fragte Haley und beäugte sie neugierig.

„Wow. Es ist … es ist sehr rustikal."

Haley nickte. „Es ist wunderbar, nicht wahr? Soweit ich mich erinnern kann, war es schon immer so. Sam hat den Laden vom Vorbesitzer gekauft und nichts verändert, außer der Jukebox."

Esther Mae Wilcox warf der Jukebox einen finsteren Blick zu, so feurig wie ihr rotes Haar. „*Sehr* zu unserem Leidwesen", murmelte sie.

Norma Sue Jenkins, eine robuste Frau mit grauen Locken und einem Lächeln, das ihr ganzes Gesicht strahlen ließ, grinste ihre Freundin an. „Du weißt, dass du sie vermissen würdest, wenn sie ganz den Geist aufgeben würde."

Esther Mae funkelte sie an. „Ich würde auf ihrem Grab tanzen. Wenn wir uns schon das Gedudel anhören müssen, könnte Sam zumindest was Neueres da reinpacken. Oder du, da du diejenige bist, die immer an irgendwas arbeitet. Ändere ein paar Lieder. Gib mir ein paar dieser neuen süßen Jungs zum Hören. Wie dieser süße kleine Oakie, oh, wie heißt er nochmal? Weißt du, er singt über den Strand und hat diese kleine Schauspielerin Renée Zil– oder so geheiratet."

Sugar kicherte. „Renée Zellweger und Kenny Chesney."

Esther Maes Augen leuchteten auf. „Ja, den meine ich." Sie schüttelte den Kopf. „Ich trainiere jeden Morgen zu seiner süßen Stimme auf meinem Minitrampolin."

Sugar konnte es sich vorstellen, doch es war nicht schwer, da Esther Mae einen neonorangefarbenen Jogginganzug mit großen roten Erdbeerprints darauf trug.

Als sie und Norma Sue ihre angeregte Diskussion

über die Jukebox fortsetzten, erkannte Sugar, dass das eine anhaltende Debatte war. Sie waren ein Hit. Mit ihnen würde das Leben nicht langweilig werden.

Adela, die die Diskussion ihrer Freundinnen anscheinend nicht bemerkt hatte, schlüpfte in eine nahegelegene Nische und tätschelte die Sitzfläche neben sich. Sugar hielt ihre Augen und Ohren auf den Boden gerichtet, als sie sich setzte.

Ihre Bewegungen ließen Esther Mae aufblicken, und sie schüttelte ihren roten Kopf. „Entschuldigung, wir neigen dazu, uns in dieser Jukebox zu verbeißen, also beachte uns einfach nicht." Sie rutschte Sugar gegenüber auf die Bank, und Norma Sue tat dasselbe. „Wir sind mehr daran interessiert, alles über dich zu erfahren. Alles."

Adela lächelte. Sugar wusste aus der Zeitung, dass sie Sams Frau war und diejenige, die ursprünglich auf diese ungewöhnliche Kampagne gekommen war, um ihre sterbende Stadt zu retten. Sie sah aus wie eine Porzellanpuppe mit blitzblauen Augen, die durch das schneeweiße, kurzgeschnittene Haar, das ihr Gesicht perfekt umrahmte, noch mehr strahlten. Sie war elegant und ruhig und ein völliger Kontrast zu ihren Freundinnen. Nicht, dass sie schüchtern war; Sugar hatte diesen Eindruck überhaupt nicht. Einfach ruhig und unaufgeregt.

Sie tätschelte Sugars Arm mit einer zarten Hand. „Schau nicht so besorgt, Liebes, wir werden dich schon nicht überrumpeln", sagte sie, und ein sanftes Lächeln verzog ihr Gesicht. „Das werden wir nicht, oder Ladys?"

Norma Sue und Esther Mae schienen sich darin nicht ganz einig zu sein, doch sie nickten.

Haley hatte sich am Ende der Nische einen Stuhl herangezogen, schien aber nicht daran interessiert zu sein, etwas zur Unterhaltung beizutragen. Sie war offensichtlich zufrieden, sie nur zu beobachten. Ihre Augen funkelten, und Sugar musterte sie interessiert. Das Immobilienbüro, in dem sie zuvor gearbeitet hatten, war sehr stressig gewesen. Bei so vielen zu verwaltenden Immobilien und wenn so viel Geld auf dem Spiel stand, war das zu erwarten. Sugar wusste, dass das einer der Faktoren war, die Haley dazu gebracht hatten, nach Mule Hollow zu fliehen. Sie hatte Sugar erzählt, dass die Leute dort gute, aufrichtige Leute waren, die sich umeinander kümmerten, als wären sie eine Familie. Dann waren da noch diese Zeitungsartikel von Molly. Auch sie malten den kleinen Ort in einem positiven Licht.

Sugar hatte ihnen nicht wirklich geglaubt. Haley und Molly lebten hier und liebten Mule Hollow, also hatte Sugar angenommen, dass ihre Informationen wahrscheinlich ein bisschen voreingenommen waren. Es musste so sein.

Doch als sie ihren Blick über den Tisch schweifen ließ und an die anderen Frauen dachte, die sie begrüßt hatten, war sie sich plötzlich nicht mehr so sicher, ob sie voreingenommen waren oder nicht.

Konnte Mule Hollow wirklich so liebenswert sein, wie es schien?

Sie dachte immer noch darüber nach, als Sam aus der Küche kam. Er war ein rüstiger Mann mit einem flotten, o-beinigen Gang, und sah aus, als wäre er in jungen Jahren ein Jockey gewesen.

Er streckte sofort seine Hand aus. „Herzlich willkommen!"

Sugar ließ ihre Hand in seine gleiten und zuckte zusammen. Was für ein fester Händedruck! „Danke. Für. Die. Herzliche, Begrüßung", schaffte sie zu antworten.

Grinsend ließ er ihre Hand los und stemmte seine Fäuste in seine Hüften. „Was darf ich euch Damen bringen?"

Wie wäre es mit einem Eisbeutel?, wollte sie sagen, bestellte aber stattdessen ein Glas Eiswasser mit Zitrone. Alle anderen bestellten Tee und Kaffee.

„Also, erzähl. Haley hier hat uns schon gesagt, dass du im Begriff bist, Schauspielerin zu werden", sagte

Norma Sue.

„Technisch gesehen ist sie bereits Schauspielerin", stellte Haley klar.

„Spielt sie in irgendwas, das ich gesehen habe?" Esther Mae lehnte sich auf einen Ellbogen gestützt vor. „Ich liebe Filme einfach."

Sugar zögerte und dachte an all die Filme, in denen sie beinahe eine Rolle gespielt hätte. Oder die, in denen sie eine anständige Rolle gespielt hatte, nur damit ihre Szenen am Ende am Boden des Schneideraums gelandet waren. Gott hatte diesen Traum in ihr Herz gepflanzt, doch er war nicht leicht zu erreichen.

„Na ja, ich habe genau genommen mehr Werbespots gemacht als Filme. Aber vielleicht kennt ihr die ja. Ich habe zum Beispiel einen Folgers Kaffee-Werbespot gemacht und –"

Esther Mae schlug mit der flachen Hand auf den Tisch und ihre Augen weiteten sich. „Du hast einen Versicherungswerbespot gemacht – den, bei dem das Mädchen aus dem Heißluftballon gefallen ist! Das warst du, nicht wahr?"

Oh Himmel! „Ja, Ma'am, das war ich."

Der Rotschopf schlug wieder auf den Tisch. „Ich wusste es! Das war eine lustige Werbung. Na ja, wie du quasi einen Überschlag gemacht hast und aus dem Korb gesprungen bist …" Sie wurde von einem Kichern überwältigt und fing an, mit der Hand vor dem Gesicht zu wedeln, während sie versuchte, sich zu fangen. „Ich muss mich immer noch fast kaputtlachen, wenn ich daran denke. Wie dein Gesicht im Wind geflattert ist –"

„Das warst du?", kreischte Norma Sue.

Sugar nickte. Sie *hasste* diese Versicherungswerbung. Hasste es zu wissen, dass das alles war, woraus irgendjemand sie kannte. Dass es nach all ihrer harten Arbeit ihr denkwürdigster Moment war. In der Kaffee-Werbung hatte sie wenigstens wirklich geschauspielert und nicht nur albern ausgesehen. Es war deprimierend. Doch das würde sich ändern. Ja, das würde es. Außerdem fingen viele Schauspieler mit Werbespots an – sogar mit dummen Werbespots.

„Ich habe den Spot gesehen. Du warst lustig", sagte Adela, als Sam mit einem Tablett mit Getränken zurückkam.

„Also erzähl uns von deinen Plänen", drängte Norma Sue. „Haley sagte, du willst eine richtige Schauspieltruppe gründen. Ein Theater?"

„Ja." Sugar setzte sich auf, Energie durchströmte sie, nur weil sie daran dachte. „Ich möchte eine Sommerlagerproduktion machen. Ich denke, es wäre großartig, sowohl Schauspiel als auch Gesang zu haben. Wart ihr schonmal in Branson, Missouri? Ich denke schon eher an Theater, doch die Shows da lassen mich denken, dass ein paar singende Cowboys nicht schlecht wären. Haley hat mir von dem wunderbaren Gemeindezentrum erzählt, das ihr hier habt, und ich dachte, es wäre der perfekte Ort, um eine Show auf die Beine zu stellen. Ich möchte etwas, das Woche für Woche läuft. Eine Show, die auf die Stadt und auf mich aufmerksam machen könnte. Ich brauche ein paar großartige Kritiken, die jemandem in Hollywood auffallen werden. Wisst ihr, damit ich eine Rolle bekomme, mit der ich den Durchbruch schaffen kann, den ich so dringend brauche, um erfolgreich zu sein."

Norma Sue sah nachdenklich aus.

„Du bist am richtigen Ort angekommen. Wir haben ein paar sehr talentierte Cowboys in unserer Stadt!", rief Esther Mae. „Bob Jacobs, Mollys Ehemann, klingt wie Tim McGraw. Er ist fabelhaft. Und es gibt noch mehr."

Norma Sue und Adela warfen einander Blicke zu. „Stimmt was nicht?", fragte Sugar.

„Wir haben hier einige Leute, die absolut nicht auf eine Bühne gehen wollen", sagte Norma. „Wir lassen sie in Ruhe."

Okay, dachte Sugar und wunderte sich über die seltsame Aussage.

Plötzlich stellte Haley ihren Tee ab und zog alle Blicke auf sich. „Mir ist gerade klar geworden, dass wir ein Problem haben könnten. Diese Show würde jedes

Wochenende laufen, oder?"

Sugar nickte. „Um Berichterstattung zu bekommen, die große Aufmerksamkeit erregen könnte, müsste ich mindestens drei Shows pro Wochenende machen. Wenn ich das bis zur ersten Augustwoche auf die Beine stellen und bis Oktober oder vielleicht November durchziehen könnte, wäre das ein guter Lauf."

Norma Sue runzelte die Stirn. „Das ist ein Problem."

„Oh je", sagte Esther Mae. „Das ist es."

Okay, sie hatten ihr erfolgreich einen Feuerball in die Magengrube gerammt. Sugar sah Haley an, dann wieder die Damen und wartete darauf, dass ihr jemand sagte, was das Problem war.

„Siehst du, Liebes –" Adela sah sie freundlich an, „— unser Gemeindezentrum wird für viel mehr als nur für Aufführungen genutzt. Wir haben dort Hochzeitsempfänge und verschiedene andere Aktivitäten in der Stadt. Zum Beispiel hat Pete vom Futterladen am vergangenen Samstag ein eintägiges Seminar für Viehzüchter dort veranstaltet. Einer der großen Futtermittelkonzerne hat ein neues Getreide oder irgendsowas in der Art vorgestellt. Wenn wir also jedes Wochenende deine Show dort hätten, würde das alle Aktivitäten verdrängen, die wir sonst dort hätten."

Wenn das nicht ein Stolperstein in einem guten Plan war. „Daran hatte ich gar nicht gedacht." Sugars Gedanken kreisten, als sie über dieses Hindernis nachdachte. „Mist, natürlich hätte mir das klar sein sollen. Ich habe mich einfach so von der Idee mitreißen lassen", stöhnte sie.

„Na, na, jetzt gib nicht gleich auf." Esther Mae wurde ernst. „Es muss einen Weg geben."

Denk nach, Sugar. Denk nach. „Eine Scheune!", rief sie aus und drängte die Düsternis augenblicklich zurück in die Schatten. „Summer Stock, dieses alte Musical ist zum Großteil in Scheunen aufgeführt worden. Also brauche ich nur eine Scheune. Und dann ein paar Cowboys."

Alle am Tisch redeten vor Erleichterung und Begeisterung durcheinander. Es folgte eine Diskussion darüber, was diese Scheune bieten musste. Alle waren sich einig, dass sie groß und in der Nähe des Ortes sein musste. Und am wichtigsten, es konnte nicht eine sein, die der Besitzer benutzte.

„Außerdem müsste die Miete spottbillig sein", fügte Sugar hinzu. Sie musste sparsam sein. „Zumindest bis wir sehen, wie die Show ankommt." Sie hatte sehr begrenzte Ressourcen und betete, dass Gott das für sie regeln würde. Sie machte diesen Schritt mit einer Menge Gottvertrauen und hoffte, dass dies der Ort war, an dem sie sein sollte. „Besser noch, vielleicht könnte ich den Eigentümer zu einer Art Partnerschaft überreden."

Norma Sue runzelte die Stirn. „Es gibt nicht viele Scheunen in der Nähe. Die einzige geeignete, die ich mir vorstellen kann, ist die von Ross Denton. Und das ist nicht gut."

Das Lächeln von Esther Mae verblasste. „Definitiv nicht."

„Warum nicht? Wenn er sie nicht benutzt, wo liegt dann das Problem?" Trotz ihrer betretenen Mienen spürte Sugar, dass es so sein sollte. Es musste so sein, denn Ross war der einzige Cowboy, den sie bisher kennengelernt hatte, und sieh nur, wie er nun in ihren Plan passte. Das konnte kein Zufall sein. Es war viel zu perfekt. Doch selbst Haley schien zögerlich. „Was?"

„Ross will nichts mit der Unterhaltungsbranche zu tun haben", sagte Esther Mae.

„Und wir lassen ihn in Ruhe."

Mehr als ein wenig verwirrt warf Sugar Norma Sue einen Blick zu. „Ich verstehe nicht. Er schien heute überaus angenehm zu sein, als ich ihn kennengelernt habe." Sie dachte an das Flirten des Cowboys. „Außerdem hat er mir gesagt, dass ich, wenn er was für mich tun kann, ihn einfach anrufen soll."

Die Damen schienen nicht überzeugt. „Haley, was ist?", fragte Sugar.

„Ich kenne nicht die ganze Geschichte. Er hat noch

nicht hier gelebt, als ich ein Kind war. Ich hatte tatsächlich seine Verbindungen nach Branson vergessen."

„Verbindungen zu Branson!", rief Sugar. „Das wird immer besser." Wenn er Verbindungen nach Branson hätte, könnte er ihr vielleicht mit mehr helfen, als ihr nur seine Scheune zu vermieten.

„Aber er ist hierhergekommen, weil er vom ganzen Rampenlicht ausgebrannt war", sagte Adela und erregte sofort Sugars Aufmerksamkeit. „Seine Familie mütterlicherseits hat dort noch immer eine erfolgreiche Show. Ross war ein Teil davon. Doch er hat vor sechs Jahren alles aufgegeben und ist hierher auf die Ranch gekommen, die ihm die Familie seines Vaters hinterlassen hat."

Norma Sue nickte. „Er ist hierhergekommen, weil er nichts mehr mit Singen oder Auftritten zu tun haben wollte. Alles, was der Junge tun will, ist, die Ranch zu betreiben und eine gute Frau zu finden, mit der er hier in Mule Hollow ein ruhiges Leben aufbauen kann. Wir haben all die Jahre seine Wünsche respektiert."

„Stimmt", warf Esther Mae ein. „Wir haben irgendwie das Bedürfnis, ihn zu beschützen."

Trotz allem, was sie sagten, war Sugars Adrenalinpegel gestiegen. Vor zwei Wochen hatte sie eine Absage für eine Rolle in einem Film bekommen, von dem ihr Agent geglaubt hatte, dass es eine sichere

Sache war. Es war der schlimmste Tag ihres Lebens gewesen. All der Optimismus, der sie antrieb, hatte sich in Rauch aufgelöst. Die schreckliche, selbstzerstörerische Stimme in ihrem Hinterkopf, die sie zu ignorieren versucht hatte, hatte wieder angefangen, ihr zu sagen, sie solle ihre Träume aufgeben. Doch wie konnte sie das tun? Und dann hatte Haley angerufen und sie gebeten, eine Auszeit zu nehmen und nach Mule Hollow zu kommen. In diesem Moment hatte Sugar ihre Sorgen mit einer Zweiliterpackung Eiscreme heruntergeschluckt und Paul Newmans Geschichte auf dem Biography Channel angesehen. Er war von Hollywood bemerkt worden, als er in einer Sommerproduktion aufgetreten war. Das war eine Inspiration für sie gewesen, und Sugar erkannte, dass das winzige Kaff in Texas vielleicht genau der Ort war, an den Gott sie führen wollte. Dass es nicht Gottes Stimme in ihrem Kopf war, die ihr sagte, sie solle ihre Träume aufgeben. Und jetzt war sie hier, mit noch mehr Beweisen dafür, dass die Vorsehung sie hierhergeführt hatte. Sie lächelte von Herzen.

„Meine Damen, macht euch keine Sorgen. Sagt mir bitte einfach, wo diese perfekte Scheune ist, und ich kümmere mich um den Rest."

Morgen würde sie als erstes da rausfahren und sie sich ansehen. Dann würde sie Ross Denton anrufen. Ja, das war ein guter Plan.

KAPITEL DREI

Die Sonne war noch nicht aufgegangen, als Ross am Morgen nach seiner Begegnung mit Sugar Ray Lenox in Richtung von *Sam's Diner* ging. Er warf einen Blick nach oben zur Wohnung im ersten Stock ein paar Türen weiter und fragte sich, ob der Lichtschein, den er durch den Vorhang sehen konnte, bedeutete, dass sie wach war. Er mochte sie. Ganz einfach. Er konnte sich nicht erinnern, wann das letzte Mal jemand sein Interesse so vollständig geweckt hatte, und er hatte nicht vor, Zeit zu verschwenden. Er wollte sie besser kennenlernen.

Natürlich war es zu früh, um an ihre Tür zu klopfen, also ging er zum Frühstück zu Sam. Es überraschte ihn nicht, dass er nicht der erste Gast war. Applegate Thornton und Stanley Orr waren wie immer Sams erste Gäste. Die beiden alten Männer waren bereits in ihr morgendliches Damespiel vertieft. Haley war Applegates Enkelin, und Ross glaubte nicht, dass es jemals einen stolzeren Großvater gegeben hatte. Er fragte sich, ob App Sugar kannte.

„Morgen, Gentlemen", sagte er und ging zum Tresen.

„Was ist daran gut?", grunzte Applegate und starrte auf das Spielbrett.

„Kümmere dich nicht um ihn", sagte Stanley zu Ross. „Er ist heute Morgen nur mit dem falschen Bein zuerst aufgestanden. Er hat gerade einfach nicht alle Tassen im Schrank." Die letzten paar Worte hatte er lauter gesagt, offensichtlich als Fußnote zu einer Unterhaltung, die sie geführt hatten, bevor Ross hereingekommen.

Beide Männer sprachen meist lauter als nötig, da sie beide Hörgeräte trugen. Es gab eine anhaltende Debatte unter den Cowboys, ob sie wirklich diese Hörgeräte brauchten oder ob sie sie als Ausrede benutzten, um wann immer sie wollten die Gespräche aller anderen mitzuhören, indem sie so taten, als könnten sie nicht hören. Es schien manchmal einfach zu bequem.

Applegate runzelte die Stirn, und sein schmales Gesicht verzog sich zu einer Kaskade von Falten. „Ich sage dir, es funktioniert. Ich habe diese Frau letzte

34

Nacht in einer dieser Late-Shows gesehen, und sie hat alles Mögliche über Körpersprache erzählt. Es ergab einen Sinn."

„Das ist alles Unsinn", grunzte Stanley. „Du kannst mir nicht sagen, dass du daran, wie ein Mann seine Socken hochzieht, sehen kannst, ob er in ein Mädchen verliebt ist."

„Diese Frau hat gesagt, dass es wahr ist. Das und ein paar andere Sachen." Applegate blickte auf, als Ross sich an die Theke setzte. „Ross, wie ich Stanley und Sam schon erzählt habe, hat diese Körpersprache-Expertin gesagt, dass wenn ein Mann mit einer Frau redet und er nach unten greift, um seine Socken hochzuziehen – nun, das ist dann ein sicheres Zeichen dafür, dass er von ihr begeistert ist."

„Ross", sagte Stanley und hielt inne, um die Hülse eines Sonnenblumenkerns in den Spucknapf zu spucken. „Hast du jemals deine Socken hochgezogen, wenn du mit einer Frau gesprochen hast? Ich sicher nicht."

Ross war sich nicht sicher, ob er in dieses Gespräch hineingezogen werden wollte. „Also, nein, Sir, nicht, dass ich mich erinnern könnte."

Stanley nickte. „Siehst du? Absoluter Quatsch."

Applegate runzelte die Stirn und wurde rot. „Das bleibt abzuwarten. Bei dieser Frau hat sich das alles

35

ganz vernünftig angehört."

Ross konnte sich nicht vorstellen, dass er jemals das Bedürfnis verspüren würde, seine Socken hochzuziehen, während er mit einer Frau sprach, nicht einmal gestern, als er sich mit Sugar Ray Lenox unterhalten hatte. Und wenn es jemals eine Frau gegeben hatte, die ihn begeistert hatte, dann war sie das.

Sam kam aus der Küche, schnappte sich eine Tasse und stellte sie vor Ross ab. „Morgen, Ross."

„Morgen, Sam."

„Diese Biber fällen immer noch deine Bäume und stauen deinen Bach?"

Ross schüttelte entnervt den Kopf. „Die können Bäume schneller fällen als ein ganzer Trupp von Holzfällern. Ich gehe in ein paar Minuten wieder raus und fürchte mich schon, zu sehen, was sie jetzt wieder angestellt haben. Außerdem hatte ich gestern wieder Probleme mit dem Traktor und konnte mein Heu nicht mähen."

„Das ist nicht gut."

„Nein, Sir, ist es sicher nicht."

Die Tür schwang auf, und Clint Matlock kam herein, gefolgt von einer Handvoll anderer Cowboys. Sam nahm fünf Tassen, eine an jedem Finger, und stellte die erste auf den Tresen, als der Rancher neben Ross Platz nahm.

„Wie geht's, Clint?", fragte Sam und füllte die Tasse.

Er gähnte. „Lange Nacht. Danke, Sam! Ich habe zu Hause schon einen halben Topf getrunken. Aber nichts hat den Kick von deinem Kaffee."

„Das ist meine besondere Mischung. Ich stecke meinen Finger ins Wasser, bevor ich es koche." Sam zog eine buschige Braue hoch und grinste, dann ging er um die Theke herum auf den Tisch der Cowboys zu.

Clint schmunzelte, trank einen langsamen Schluck und sah Ross von der Seite an. „Habe gehört, du hast gestern unserer neuesten Einwohnerin beim Einziehen geholfen. Ich dachte, ich sollte dich warnen, dass Lacy sehr inspiriert nach Hause gekommen ist, so, wie du Haleys neue Büroleiterin angesehen hast."

„Ich habe mein Interesse nicht geheim gehalten."

„Ach ja?"

Ross trank einen Schluck Kaffee. „Mmm-hmm. Ich muss nach den Bibern sehen. Die versuchen, meine Weide in einen See zu verwandeln, und dann komme ich zurück in die Stadt, um meinen Anspruch auf sie zu erheben."

Sein Freund warf ihm einen Blick zu. „Das klingt vielversprechend. Brauchst du Hilfe?"

Ross grinste. „Ich denke, ich schaffe es schon allein, ein Mädchen um ein Date zu bitten. Aber danke für die Unterstützung, Kumpel!"

Clint schüttelte den Kopf. „Ich meinte, ob du Hilfe bei den Bibern brauchst? Deine Romanze überlasse ich dir. Ob Lacy und die anderen Frauen von Mule Hollow dich in Ruhe lassen werden, das ist jedoch eine ganz andere Frage."

Ross machte sich keine Sorgen. „Ich habe nicht vor, ihnen genug Zeit zu lassen, um irgendwelche Kuppelpläne ins Rollen zu bringen. Ich bin sicher, sobald sie sehen, dass ich bereits die Initiative ergriffen habe, werden sie sich zurückziehen und mich in Ruhe lassen. Sie haben noch nie versucht, mich zu verkuppeln."

Clint trank seinen Kaffee, inhalierte das Aroma und sah Ross über den Rand der Tasse hinweg an. „Sie lassen Paare nur dann in Ruhe, wenn sie nicht wirklich etwas Besonderes zwischen ihnen sehen. Wenn sie jedoch eine Chance auf eine Zukunft sehen, werden sie euch ganz genau im Blick behalten und bei Bedarf sie Situation *optimieren*."

„Hast du gerade *optimieren* gesagt?"

Clint verzog das Gesicht. „Ich fürchte ja. Offensichtlich haben sie bei dir bis jetzt kein *Optimierungs-Potential* gesehen. Aber Lacy hat gestern etwas gesehen, also könnte sich das für dich schnell ändern."

„Hey!", rief Stanley und sah von seinem Damespiel auf. „Vielleicht hat sie gesehen, wie er seine Socken hochgezogen hat! App hier denkt, dass man daran sehen kann, wenn jemand verliebt ist und wenn nicht."

Applegate runzelte die Stirn. „Ich sage dir, dass die Frau bei Leno das letzte Nacht wirklich sinnvoll erklärt hat. Sie hatte mehr Abschlüsse am Ende ihres Namens als Liz Taylor Ex-Ehemänner, also sollte sie es wissen."

Stanley schlug mit seiner Dame zwei Steine vom Feld und grinste verschmitzt, was Ross dazu brachte, sich zu fragen, ob er App nur aufzog, um ihn vom Spiel abzulenken.

„Frag nicht", sagte Ross und schüttelte den Kopf, als Clint ihn ansah. „App hat im Fernsehen was über Körpersprache gesehen, und er glaubt, dass er jetzt alles weiß."

„Also hast du deine Socken hochgezogen?", fragte Clint kichernd.

„Nach allem, was wir gehört haben, könnte er das gut getan haben", sagte App.

„Ihr beide solltet zusammen auftreten", neckte Ross.

„Glaubst du, deine Familie würde uns in die Show aufnehmen?", fragte Stanley.

„Machst du Witze? Sie würden euch beide sofort engagieren. Ihr könntet dem alten Homer Lee

Konkurrenz machen."

Applegate schnaubte. „Mir ist langweilig, hier zu sitzen und Stanley jeden Tag anzusehen, aber du könntest mir alles Geld der Welt bezahlen, und ich würde mich trotzdem nicht auf eine Bühne stellen."

Ross trank einen Schluck Kaffee und erinnerte sich an all die Jahre, die er auf der Bühne verbracht hatte. „Ganz deiner Meinung. Ich wollte es nur anbieten. Ein guter Comedy-Act ist immer beliebt beim Publikum."

Stanley spuckte eine Hülse in den Spucknapf. „Ich würde gutes Geld dafür bezahlen, damit App nicht auf der Bühne bleibt."

Das brachte alle zum Lachen.

Sam füllte Ross' und Clints Kaffee auf. „Vermisst du es jemals, Ross?"

„Nein." Er trank einen Schluck und spürte das Brennen. „Zwanzig Jahre im Rampenlicht waren für mich mehr als genug. Aber ich könnte trotzdem ein gutes Wort für euch beide einlegen, wenn ihr wollt", sagte er, legte Geld auf den Tresen und stand auf. Es war Zeit, zur Arbeit zu gehen.

„Wir mögen uns ja vielleicht langweilen", sagte Applegate, „aber nicht einmal eine Horde wilder Pferde könnte uns dazu bringen, Mule Hollow zu verlassen."

Ross nahm seinen Hut und drückte ihn auf seinen Kopf. „Da hast du Recht. Das ist der perfekte Ort."

Und das war es. Er war glücklich mit seinem Leben hier.

Er hatte im Alter von vier Jahren angefangen, auf der Bühne aufzutreten und mit seinem Großvater zu singen. Es hatte nicht lange gedauert, bis er eine der Hauptattraktionen und der Kassenmagnet der Show geworden war. Sogar für ein kleines Kind war es ein Nervenkitzel gewesen, seinen Namen auf diesem Schild zu sehen. Er war vierundzwanzig Jahre alt gewesen, als ihm klar wurde, dass er nicht mehr weitermachen konnte.

Nicht mehr wollte.

Sein Großvater war ein paar Jahre tot gewesen, und von seinem Leben mit zwei Shows am Tag, sechs Tage die Woche, hatte Ross Magengeschwüre bekommen. Den Traum eines anderen zu leben konnte einem Mann sowas antun.

Nachdem er das Diner verlassen hatte, ging er zu seinem Truck und stieg ein. Das war sein Traum. Er bestellte das Land, das er von der Familie seines Vaters geerbt hatte. Vieh treiben, seine Ranch aufbauen, sogar mit kaputten Traktoren und nervigen Bibern. Gott hatte ihn auf beiden Seiten des Stammbaums mit einer großen Familie gesegnet. Er hatte die Wahl zwischen zwei verschiedenen Leben, doch diese hier wollte er kultivieren. Hier wollte er seine Kinder großziehen.

Er parkte den Truck rückwärts aus und blickte zu der Wohnung auf, in der Sugar Ray Lenox jetzt wohnte. Er lebte seinen Traum, doch er sehnte sich danach, dass der liebe Gott ihm eine Seelenverwandte schickte. Die Wahrheit war, dass er seinen Namen auf Plakaten gesehen hatte, doch der einzige Ort, an dem er ihn in letzter Zeit sehen wollte, war auf einer Heiratsurkunde.

Dazu musste er nur die richtige Frau finden.

Sugar konnte es kaum erwarten, die Scheune zu sehen.

Sie wusste, dass sie vorher fragen sollte, doch sie konnte nicht anders. Die Damen hatten gesagt, sie sei am Stadtrand, und sie müsse sie sich unbedingt ansehen. Sie musste wissen, ob das ein Ort wäre, an dem sie ihre Show aufbauen konnte. Allein der Gedanke, in einer echten Scheune eine Produktion auf die Beine zu stellen, begeisterte sie mehr als der Gedanke daran, dieselbe Produktion im Gemeindezentrum aufzuziehen. Ein ehrliches Scheunentheater fügte dem Projekt ein völlig neues Element hinzu und ließ ihre Aufregung in unvorhergesehene Höhen schießen.

„Danke, Herr", seufzte sie, als sie die große alte Scheune sah. Das Ding war riesig. Und uralt. Und schön. Einfach wunderschön. Für ein Mädchen, das an sich, ihrem Traum und ihrem Glauben gezweifelt hatte, fühlte es sich wie ein Zeichen an, dass Gott immer noch auf ihrer Seite war. Bis jetzt bewies ihr alles, was sie damit zu tun hatte, nach Mule Hollow zu kommen, dass die Stimme des Zweifels, die sie zu hören begonnen hatte, unbegründet war. Gott war nicht derjenige, der ihr ins Ohr flüsterte und ihr sagte, sie solle ihre Träume aufgeben.

Lächelnd betrachtete sie das Gebäude. Es zog sie an, als sie den Wagen am Straßenrand parkte und den Motor abstellte. Sie fühlte sich begeistert wie ein Kind, stieg aus und eilte über den Weiderost. Sie war so fasziniert, dass ihr gar nicht in den Sinn kam, dass sie Ross' Land unbefugt betreten hatte, als sie den ausgefahrenen Feldweg hinunterging. Okay, es ging ihr für einen Moment durch den Kopf, doch sie dachte nicht ernsthaft darüber nach. Ross schien nicht der Typ zu sein, der etwas dagegen hätte, und außerdem war sie auf einer Mission.

Es war ein hoch aufragender, zweistöckiger Bau mit einem geneigten Metalldach. Die Bretter waren verwittert, die rote Farbe verblasst und mit einer charmanten Patina, die dem Gebäude Charakter gab, wie Falten im Gesicht. Die Doppeltüren an der Vorderseite waren mindestens drei Meter hoch, wenn nicht sogar vier Meter. Sie waren nur angelehnt. Sugar war nicht den ganzen Weg hierhergekommen, um jetzt nicht da hineinzugehen. Hätte es nicht einmal gekonnt, wenn sie sich danach gefühlt hätte. Sie schlüpfte hinein. Und blieb stehen

Als Kind mit schwachem Herzen, zwischen Krankenhausaufenthalten und Operationen gezwungen auf dem Sofa oder im Bett zu sitzen, war sie aus der Not heraus zur Träumerin geworden. Sie lebte nur dank ihrer Träume und ihrer optimistischen Einstellung. Gott hatte ihr das Leben gegeben, doch er hatte sie mit ihren Träumen unterstützt. Als sie in der Tür von Ross Dentons alter Scheune stand, wusste sie, dass diese Träume hier endlich gedeihen würden.

Wenn es so etwas wie Liebe auf den ersten Blick gab, hatte Sugar sie gefunden. Drinnen war unendlich viel Platz. Auf einer Seite waren Boxen unter einem Heuboden, der sich über das erste Drittel des Gebäudes erstreckte und den Rest der Scheune bis auf die Dachsparren offenließ. Das Morgensonnenlicht fiel durch die Fenster, ließ ein sanftes Leuchten herein und gab Sugar das Gefühl, als würde sie tatsächlich in ihrem Traum wandeln.

Mit klopfendem Herzen ging sie in die Mitte der Scheune und drehte einen alten Zinkeimer um, um sich darauf zu setzen. Ehrfürchtig stützte sie ihren Ellbogen auf ihr Knie und ihr Kinn auf die Faust, während ihre Gedanken frei flogen und sich mit Ideen füllten. Das war er. Das war der perfekte Ort. Das war nicht mehr nur ein Traum!

Ja, sie sah alles ganz klar. Sie konnte sich alles vorstellen. Leute lachen, Kinder klatschen.

Kritiker schwärmen … Oh ja, das war perfekt. Und Ross Denton war der Schlüssel zu allem. Er war der Mann, der ihr helfen würde, ihren Traum zu verwirklichen.

Das Letzte, was Ross erwartet hatte, als er von der Weide losgefahren war, war, zu sehen, wie Sugar Ray in seiner Scheune verschwand. Einen Moment lang dachte er, er hätte es sich eingebildet, aber der Anblick ihres unverwechselbaren Autos am Straßenrand bewies, dass seine Fantasie ihm keinen Streich spielte.

Er stellte seinen Truck ab und überquerte die Weide, mehr als nur ein bisschen neugierig, was die neueste Einwohnerin von Mule Hollow hier wollte. Vielleicht hatte ihr Auto eine Panne? Doch warum sollte sie um neun Uhr hier draußen herumfahren, wenn ihre Wohnung direkt über ihrem Büro lag und sie zum Arbeiten nach Mule Hollow gekommen war?

An der Tür blieb er stehen und spähte hinein. Sie saß auf einem Eimer in der Mitte der Scheune, offensichtlich in Gedanken versunken.

Heute trug sie ein hauchdünnes gelbes Kleid, das wie ein Zelt über ihr drapiert war, mit einem rosa Top darunter, das zu ihren rosa Canvassneakers passte. Das

Outfit war Welten entfernt von den High Heels und der Zebrahose vom Vortag, aber immer noch genauso interessant. Sie war nicht langweilig, das war klar.

Er fragte sich, was sie dachte, und betrat die Scheune. „Bitte sag mir, dass du mich bereits vermisst hast und hierhergekommen bist, um mich zu suchen", neckte er.

Mit einem Schrei sprang sie auf. „Wo kommst du denn her?"

Nicht die Reaktion, auf die er gehofft hatte. „Whoa, ganz ruhig. Ich wollte dich nicht erschrecken. Ich bin von der Weide durch den Wald gekommen und habe dich in die Scheune kommen gesehen."

Sie seufzte. „Du hättest mich nicht überrascht, wenn ich nicht so in Gedanken versunken gewesen wäre. Ich liebe deine Scheune. Hast du eine Ahnung, wie wunderbar sie ist? Ich meine, kannst du dir all die Geschichten vorstellen, die hier passiert sind? Die Square Dances und vielleicht die Hochzeiten …"

„Das gefällt mir. Ja, diese Scheune hat Geschichte", stimmte er zu. Diese Frau war wirklich voller Überraschungen. „Aber ich habe dich nicht für einen Geschichtsfan gehalten."

„Eigentlich bin ich auch keiner. Ich habe einfach nur diese überwältigende Verbindung gespürt, als ich hereingekommen bin. Umso wichtiger ist das, was ich dir vorschlagen muss."

Er lächelte über ihre Ader fürs Theatralische und war ganz Ohr. „Mach nur. Du hast meine volle Aufmerksamkeit."

Ihre Augen weiteten sich noch mehr, wenn das überhaupt möglich war. „Schau, ich bin nicht nur nach Mule Hollow gekommen, um Haley zu helfen. Was ich wirklich tun möchte, , ein Sommertheater zu gründen. Ich bin Schauspielerin und suche nach einem Weg, um aufzufallen. Ich brauche ein paar gute Kritiken, die mir helfen, bessere Rollen zu landen. Und ..." Sie wirbelte herum, die Arme ausgestreckt „... ich denke, dass ich das genau hier tun kann. Genau hier in deiner Scheune, Ross Denton. Und um es noch perfekter zu machen, habe ich gehört, dass du Erfahrung auf diesem Gebiet hast. Ich konnte mein Glück einfach nicht fassen, als die Ladys mir erzählt haben, dass deine Familie eine Show in Branson hat."

Er stöhnte innerlich. Eine Schauspielerin. Ausgerechnet. „Ich mache das nicht mehr." Manchmal sang er für seine Kühe, aber das wollte er ihr nicht sagen.

Sie runzelte die Stirn, ließ sich aber nicht aufhalten. „Okay, aber ich brauche ein Theater. Und, na ja, ich habe ein begrenztes Budget, also hatte ich gehofft, dass ich dich zu einem Deal überreden kann, da deine Scheune wirklich der perfekte Ort wäre. Ich würde gern am Freitagabend und vielleicht zweimal am Samstag etwas machen, und die Ladys haben gesagt, das würde zu viel Zeit im Gemeindezentrum beanspruchen, also kann ich die Show da nicht aufziehen. Sie würde zu viele andere Dinge verdrängen. Ich verstehe das natürlich vollkommen. Und es ist gut so, denn ich liebe deine Scheune. Das ist der Ort, an dem ich sein soll. Ich kann es spüren. Hast du jemals einfach …" Sie hielt inne, mit einem hoffnungsvollen Ausdruck auf ihrem Gesicht „…weißt du, einfach gewusst, wenn etwas richtig war?"

Sie blinzelte erwartungsvoll mit ihren großen Augen, und sein Herz zog sich zusammen. Er spürte sein finsteres Gesicht bis in die Zehenspitzen, nahm seinen Hut vom Kopf und versuchte, seine Gedanken zu sammeln. Das war nicht gut.

Als er nichts sagte, plapperte sie weiter. „Ich hatte schon daran gedacht, was Ähnliches wie in Branson zu versuchen, also stell dir meine Aufregung vor, als ich gehört habe, dass du Erfahrung hast. Aber keine Sorge, ich denke in kleinen Dimensionen." Als sie fortfuhr, füllte sich ihre Stimme mit neuer Erregung. Sein Herz erreichte einen Tiefpunkt.

„Es tut mir leid, Sugar, aber die Antwort ist nein", sagte er, und bevor er etwas Dummes tun und ja sagen konnte, machte er auf dem Absatz kehrt und ging hinaus.

KAPITEL VIER

„Warte!", rief Sugar Ross hinterher, doch er ging einfach weiter. Das konnte sie nicht fassen. Was war mit dem netten Flirter von gestern passiert? Sie eilte ihm aus der Scheune hinterher.

„Bleib stehen!", rief sie, als sie ihm nachjagte. „Ich verstehe deine Einstellung nicht."

„Schau, Sugar", sagte er und blieb so abrupt stehen, dass sie beinahe mit ihm zusammengestoßen wäre. „Ich nehme an keiner der Shows teil, die hier in Mule Hollow veranstaltet werden, weil ich das einfach nicht mehr tue. Und ich will nicht, dass so etwas auf meinem Land veranstaltet wird. Es tut mir leid, aber die Antwort ist nein. Und sie wird sich nicht ändern."

Sugar wedelte mit der Hand in Richtung Scheune. „Aber sie steht nur leer rum. Sie sieht nicht einmal so aus, als würdest du sie benutzen."

„Das ist egal. Du musst dir eine andere Scheune suchen. Die Antwort ist nein."

Als sie ihm hinterherblickte, war Sugar fast sprachlos. Aber nur fast. „Komm schon, Ross. Gib mir eine Chance. Ich weiß nicht, was dein Problem ist, aber ich bin sicher, wir können es lösen. Ich fange ziemlich bald mit den Vorsprechen an. Ich brauche einen Platz. Lass uns was ausarbeiten."

Er wirbelte herum, so schnell wie ein Revolverheld. Sie stellte sich ihn sofort auf der Bühne vor.

Er runzelte die Stirn, und sie hatte ein wenig Hoffnung, also lächelte sie ihn aufmunternd an.

„Wann genau hast du vor, für Haley zu arbeiten?"

„Montag bis Freitag von zehn bis fünf. Die restliche Zeit gehört mir. Und ich möchte eine altmodische Scheunenproduktion aufbauen."

„Na dann, viel Glück bei der Suche nach einer Scheune. Wirklich. Ich meine es. Willst du zu deinem Auto mitfahren?"

„Was?" Der Mann konnte das nicht wirklich ernst meinen.

„Nein! Ich will keine Mitfahrgelegenheit. Ich will deine Scheune."

Sein Kiefer verkrampfte sich, als ihre Blicke kollidierten. Die Luft knisterte vor Herausforderung. Und Anziehung – obwohl Sugar *die* schnell genug dämpfte. Der Mann konnte ihr helfen, wenn er wollte, und stattdessen war er ein sturer Trottel!

Was für eine Enttäuschung er war. Sie funkelte ihn an.

„Schau, sei nicht stur. Steig ein, und ich fahre dich. Ich würde mich nicht gut dabei fühlen, dich einfach stehenzulassen. Ich will nicht, dass du hier draußen auf meinem Grundstück verletzt wirst."

Jetzt war er wieder ganz ritterlich! Sugar holte tief Luft und betete um Geduld. „Ich würde dich nicht belasten wollen, Cowboy", blaffte sie und ging von ihm den zerfurchten Pfad entlang, wobei sich ihr Kleid bei jedem Stampfen ihrer Füße wie ein Pilz blähte. Als sie ihn den Truck anlassen hörte, ging sie schneller und gewann dabei ihre Fassung wieder. Wenn er dachte, sie hätte aufgegeben, hatte er sich geirrt. Sie musste nur einen neuen Ansatzpunkt finden … und das würde sie tun. Schließlich war sie Sugar Ray Lenox. Meisterin des Comebacks.

Er fuhr mit dem großen Truck hinter ihr her, machte aber keinen Versuch, um sie herum zu fahren, und sie machte keine Anstalten, ihm aus dem Weg zu gehen. Er folgte ihr, bis sie über den Weiderost ging, und blieb dann hinter ihr stehen, als sie ihren Kombi erreichte. Mit zusammengebissenen Zähnen lächelte sie ihn süß an, winkte, kletterte dann hinters Steuer und knallte die Tür zu.

Mit Befriedigung stellte sie fest, dass Ross nicht lächelte, als er losfuhr.

Gut. Vielleicht begann sein Gewissen an ihm zu nagen.

Bevor sie in die Stadt zurückfuhr, warf sie einen Blick zurück zu ihrer Scheune. Gott lächelte sicher auf sie herab, dass er ihr einen so perfekten Ort für ihre Scheunenproduktion gezeigt hatte. In diesem Sinne würde sie weiterhin positiv denken. Ross würde schon einlenken.

Er wusste es nur noch nicht.

„Warum habt ihr mir nicht erzählt, dass sie Schauspielerin ist?", fragte Ross am nächsten Morgen. Er war schlecht gelaunt, als er bei Sam an der Theke saß und eine Tasse Kaffee trank. Die Enttäuschung in Sugars Augen am Vortag hatte ihm nicht gutgetan. Es ihr zu verweigern – nun, wirklich, einfach *nein* zu ihr zu sagen – war seine automatische Reaktion gewesen. Eine Bauchreaktion. Und obwohl es die einzige Antwort war, die er geben wollte, wünschte er, er hätte es besser rübergebracht.

Doch nein war immer noch nein, egal, wie man es sagte. Vor allem, wenn es um ihn und die Unterhaltungsbranche ging. Trotzdem hatte ihn der

Ausdruck in ihrem Gesicht heute Morgen aus seinem Bett und zu Sam getrieben, so früh, dass er die zwei alten Hasen geschlagen hatte.

„Wir dachten, du wüsstest es", sagte Applegate.

„Hast du nicht gehört, wie meine Haley Bell über ihre Freundin, die Schauspielerin, gesprochen hat?"

„Nein, App, habe ich nicht. Ich habe nicht den Finger am Puls der Gemeinde wie ihr ", knurrte er.

„Ich habe nicht daran gedacht, es dir zu sagen", sagte Stanley, als er sich setzte. Er stopfte sich eine Handvoll Sonnenblumenkerne in den Mund und begann, seine roten Steine auf das Brett zu legen, ohne Ross' Blick Beachtung zu schenken. „Stört es dich, dass sie Schauspielerin ist?"

Sam kam aus der Küche und stellte einen Teller Pfannkuchen vor Ross, bevor er antworten konnte. Er aß gerne Süßes, wenn er gestresst war.

„Also, stört es dich?", fragte Sam.

Ross blickte von ihm zurück zu den Damespielern, froh, dass sie die einzigen anderen Gäste im Diner waren. „Ja, das tut es. Ehrlich gesagt mochte ich dieses Mädchen."

„Also, was hat das denn jetzt damit zu tun, dass sie Schauspielerin ist?", fragte Applegate.

„Ich möchte nicht mit einer Frau ausgehen, nur um mit ihr auszugehen. Ich suche eine Ehefrau. Sie ist

Schauspielerin. Sie hat etwas anderes im Kopf und das ist, sich ins Rampenlicht zu rücken."

„Also machst du ihr das zum Vorwurf? Es ist nicht so, als hätte sie keinen guten Grund", brummte Applegate.

„Das stimmt", schnaubte Stanley. „Sag's ihm, App."

Ross' Neugier überwältigte ihn, und er stellte seinen Kaffee ab. „Ich bin ganz Ohr, App."

„Ich auch", sagte Sam.

„Haley Bell hat mir erzählt, dass Sugar ein wirklich krankes kleines Mädchen war. Sie war eins von diesen Frühchen oder so. Weißt du, eines von diesen wirklich winzigen Frühchen. Kaum mehr als zwei Pfund schwer. Kannst du dir das vorstellen? Jedenfalls war sie eine Kämpferin, doch sie hat fast ihre ganze Kindheit gebraucht, um gesund zu werden. Unter anderem war was mit ihrem Herzen nicht in Ordnung. Hatte eine Menge Operationen und viel Zeit vor dem Fernseher verbracht. Sie sagt, die Schauspieler hätten ihr geholfen, nicht aufzugeben." Er sah Ross unter seinen Raupenbrauen hervor an. „Kein Wunder, dass sie sich in den Kopf gesetzt hat, eine zu sein."

Das Diner war vollkommen still. Ross saß einen Moment da und ließ alles auf sich wirken. Dann schob er die unberührten Pfannkuchen von sich und stand auf.

Er musste nachdenken. „Danke, dass du mir das gesagt hast, Applegate. Es ändert meine Meinung nicht … über irgendwas. Weder was das Daten angeht noch meine Scheune. Aber zumindest verstehe ich sie ein bisschen besser."

Als er sein Geld auf die Theke legte, konnte er an ihren finsteren Blicken sehen, dass ihnen seine Antwort nicht gefiel, doch er konnte nicht anders. Wirklich, es wäre besser für Sugar, wenn er nicht nachgab. Die Frau konnte nicht einmal ansatzweise wissen, was sie so unbedingt erreichen wollte.

Eine Show auf die Beine zu stellen war ein riesiges Unterfangen. Sein Großvater Dupree oder Grandpop, wie Ross ihn genannt hatte, hatte seine Show „The Singing Duprees" mit wenig mehr als einer Gitarre, dem Wunsch zu unterhalten und der Bereitschaft, alles zu geben, gestartet.

Nur so war Grundpops Traum wahr geworden, und er hatte erlebt, wie seine Enkel ihm auf die Bühne folgten, die er aufgebaut hatte. Es hatte seine Seele glücklich gemacht. Ross konnte sich noch an den stolzen Ausdruck in seinen Augen erinnern, wenn sie vor einem vollen Haus zusammen ein Lied sangen.

Als Kind hatte Ross nur gewusst, wie stolz er war, neben seinem Großvater zu singen. Als Erwachsener war er der Streitigkeiten hinter den Kulissen und des

Einsatzes, der nötig war, um die Show am Laufen zu halten, überdrüssig geworden.

Sugar Ray wollte vielleicht keine so große Show, doch er glaubte nicht, dass sie wusste, was es ihr abverlangen würde, diesen Vorhang für jede Vorstellung zu öffnen. Es war ein anstrengender Lebensstil, der nicht viel anderes zuließ. Und einer, den er nie wieder erleben wollte.

Auch die Viehzucht war harte Arbeit und bedeutete lange Tage – oft sieben Tage die Woche. Doch es war ein ruhiges Leben, und das passte zu ihm.

Ganz klar, zu Sugar würde es nicht passen.

Er hatte nur zweimal mit ihr gesprochen, also sollte es ihn realistisch gesehen nicht stören, dass sie wieder weggehen würde.

Doch es störte ihn. Und sie *würde* weggehen. Daran bestand kein Zweifel. Sie hatte Sterne in den Augen und hatte klar gesagt, dass sie nicht lange bleiben würde.

Die Geschichte, die Applegate ihm gerade erzählt hatte, überzeugte ihn noch mehr davon, dass die Leidenschaft, die er in ihrer Stimme gehört hatte, echt war. Diese Leidenschaft war ihm in seinen Jahren auf der Bühne oft begegnet. Viele Schauspieler, die Hollywood anvisierten, kamen durch Branson auf der Suche nach Erfahrung. Es dauerte nie lange, bis sie wieder gingen.

SING FÜR MICH, COWBOY

Er gab Sugar nicht mehr als sechs Monate, dann würde sie wieder weg sein. Und er würde gut daran tun, das im Hinterkopf zu behalten, denn jede Zeit, die er in sie investierte, wäre verschwendet. Ende der Geschichte.

Haley warf Sugar einen Blick über den Bildschirm ihres Computers zu. „Die Anzeigen, die du auf die Website geladen haben, sehen großartig aus. Es ist so fantastisch, dass du mir hilfst. Ich bin ein echter Analphabet, wenn es um Webseiten und diesen technischen Kram geht."

„Du könntest es lernen. Es ist einfach ein Prozess. Sobald du die Grundlagen weißt, bist du am Ball."

Haley schnitt eine Grimasse. „Du hast leicht Reden. Du weißt, wie man es macht."

Sugar verdrehte die Augen und versuchte, sich auf die Arbeit zu konzentrieren. „Wenn ich es kann, kannst du es, und ich werde es dir beibringen, solange ich hier bin."

Haley legte ihren Stift auf den Tisch. „Ich weiß, du willst nicht, dass ich das sage, aber ich hoffe wirklich, dass du bleibst. Es wäre gut für dich und für uns. Du hast der Community so viel zu bieten."

„Du weißt, dass das nicht passieren wird", sagte Sugar offen. Sie musste diese Idee im Keim ersticken.

Und die Wahrheit war, wenn Ross seine Meinung nicht änderte, gab es keinen Grund für sie, hier zu bleiben. Sie hatte Haley versprochen, ihr zu helfen, das Büro in Gang zu bringen, doch wenn sie keinen Weg fand, ihre Karriere anzuschieben, würde sie so schnell wie möglich wieder verschwinden.

Haley seufzte. „Du kannst einem Mädchen nichts vorwerfen, wenn es hofft."

Sugar konnte sich nicht mehr zurückhalten. „Also erzähl mir, was ist die Geschichte von diesem Ross-Typen? Er wollte nicht einmal hören, was ich heute Morgen zu sagen hatte. Er schien anders zu sein als der Typ, den ich gestern kennengelernt habe – so richtig unhöflich. Und ich habe Erfahrung mit unhöflichen Typen."

Das brachte Haley wie erwartet zum Lachen. Sugar war berüchtigt dafür, anderen Assistenten im Büro zu helfen, wenn es darum ging, mit Leuten umzugehen, die sich schlecht benahmen. „Er wusste nicht, dass du Schauspielerin bist. Das alles verwirrt mich ehrlich gesagt auch. Ich kenne ihn wirklich nicht so gut und hatte seine Geschichte in Branson völlig vergessen. Niemand spricht mehr darüber. Ich glaube, seine Familie kommt ihn manchmal besuchen, aber sie haben einen sehr vollgepackten Kalender und können nicht so oft weg."

„Trotzdem, was kann es ihm schaden, wenn er es zumindest in Betracht zieht? Ein sturer Esel, das ist er. Und egoistisch."

„Will kennt ihn besser als ich. Vielleicht muss ich dich und ihn zum Essen einladen. Wir könnten ihn vielleicht weichkochen. Was denkst du? Es ist einen Versuch wert."

Sugar zog die oberste Schublade auf, holte einen grünen Kaugummi aus der Packung und biss ihn in zwei Hälften. Sie kaute auf einer Hälfte und zerquetschte die andere zwischen ihren Fingern, während sie über ihre seltsame Begegnung mit Ross nachdachte.

„Er wird weich werden. Ich werde ihm auf die Nerven gehen, bis er nachgibt. Hier steht zu viel auf dem Spiel. Ich muss seine Scheune haben."

„Wirst du seinen Widerstand zerquetschen, wie du gerade den armen Kaugummi zerstört hast?", fragte Haley mit einem Lächeln in ihrer Stimme.

Sugar starrte auf den kleinen grünen Ball. „Ack! Widerlich! Was habe ich mir nur dabei gedacht?" Sie schüttelte ihre Hand über den Mülleimer aus, doch der Kaugummi blieb kleben. Sie nahm sich ein Taschentuch und wischte ihn ab. „Na bitte. Gut, zurück zum Punkt. Der Mann wird seine Meinung ändern."

„Und was macht dich so sicher?"

„Wenn ich ihn dazu überreden muss, werde ich es

tun. Ich bin vorhin nur wütend auf ihn gewesen, aber er scheint wirklich ein netter Kerl zu sein. Ein bisschen launisch vielleicht, aber ich bin sicher, wenn er sieht, dass die Show gut für Mule Hollow ist, wird er nachgeben. Ich werde mich erst einmal beruhigen und dafür beten."

„Ich werde auch beten. Ich kann einfach nicht anders, als zu denken, dass Gott einen Plan hat." Haley musterte sie. „Das könnte sehr interessant werden", sagte sie schließlich. „Ross ist vielleicht nicht so ein Weichei, wie du denkst."

„Warte nur ab, der Mann wird seine Meinung ändern. Das verspreche ich dir", sagte Sugar entschlossen. Sie war sich ihres Lächelns bewusst, versuchte jedoch, es zu kontrollieren.

Haley hob kapitulierend die Hand. „Ich glaube dir. Denk daran, ich habe dich in Aktion gesehen. Wann willst du mit den Vorsprechen anfangen?"

„Ich werde einen Flyer für *Sam's Diner* und den Futterladen ausdrucken und am Samstag anfangen. Und da du für die Buchung des Gemeindezentrums zuständig bist, hatte ich gehofft, dass ich es für die Probe nutzen könnte. Dank meiner süßen Großmutter habe ich Geld gespart, um mein Vorhaben zu finanzieren, wenn ich sehr sparsam bin."

„Du kannst das Gemeindezentrum für die

Vorsprechen und die Proben nutzen. Wir werden schon was ausarbeiten. Ich werde eine Patenschaft übernehmen, um bei den Kosten zu helfen. Immerhin wird das eine große Attraktion werden – ich glaube wirklich an dich, Sugar."

Sugar war plötzlich zum Weinen zumute. „Danke!", sagte sie leise. „Das bedeutet mir mehr, als du ahnst."

Haley lächelte, als ob es keine große Sache wäre, doch das war es für Sugar. Als sie ein Kind gewesen war, schienen ihre Eltern an ihren Traum, Schauspielerin werden zu wollen, zu glauben, doch als es für sie an der Zeit war, nach L.A. zu gehen, hatten sie ihre Einstellung geändert. Erst da hatte sie begriffen, dass sie ihren Traum unterstützt hatten, um ihr zu helfen, ihre Krankheit zu überstehen. Sie hatten geglaubt, sie würde aus diesem Traum herauswachsen.

Sie sagte sich, dass es keine Rolle spielte, doch das tat es. Es war wichtig, dass jemand an einen glaubte.

Aber auch denen, die *nicht* an einen geglaubt haben, das Gegenteil zu beweisen, kann eine große Motivation sein.

Am Samstagnachmittag war es fast Feierabend, als Ross vor dem Futterladen parkte. Er musste noch mehr

Hasendraht von Pete holen, fand sich aber stattdessen auf dem Weg zum Immobilienbüro, trotz seiner Entschlossenheit, sich fernzuhalten. Egal, wie oft er es im Kopf durchging, er hatte immer noch das Gefühl, dass er Sugar eine Erklärung für sein wenig freundliches Verhalten am Mittwochmorgen schuldete.

Er war sich überhaupt nicht sicher, was für eine Begrüßung ihn erwarten würde, als er die Tür öffnete und eintrat.

„Hey, Cowboy!"

Ihre Begrüßung erschreckte ihn und machte ihn gleichzeitig argwöhnisch. „Auch hey", sagte er und ging vorsichtig in den Raum.

„Du bist genau der Mann, von dem ich gehofft hatte, dass er heute durch diese Tür kommen würde."

„Ach so?" Er war sofort misstrauisch.

„Oh ja. Wie geht's meiner Scheune? Weißt du, dass ich heute Abend Vorsprechen abhalte?" Ihre Augen funkelten. „Ich habe die Besucher, die ich in den letzten Tagen gesehen habe, beobachtet und bin dadurch eine Wagenladung optimistischer. Eine wirklich vielseitige Mischung von Leuten. Collegestudentinnen, die nach Cowboys suchen, Wochenendbesucher, die in Ashbys Boutique einkaufen, und sogar ältere Paare, die einfach nur rumhängen. Ich habe alle gefragt, warum sie in die Stadt gekommen sind. Die meisten sagen, es sei ein netter Tagesausflug. Solche Leute sind ein perfektes Publikum, wenn ich meine Show in deiner schönen Scheune aufführe." Sie strahlte ihn an, als sie endlich fertig war.

Er war sich nicht sicher, ob er irritiert sein sollte, dass sie seine Scheune nicht aufgegeben hatte, oder amüsiert war. „Apropos – ich wollte vorbeikommen und versuchen, es dir ein bisschen besser zu erklären. Es gibt keine Entschuldigung dafür, dass ich dir ohne jede Erklärung eine Abfuhr erteilt habe." Er hätte nein sagen können, ohne so unhöflich zu sein.

Sie winkte ab. „Ich bin sicher, du hattest deine Gründe. Ich bin mir auch sicher, dass du jetzt, wo du Zeit zum Nachdenken hattest, zur Besinnung gekommen bist und beschlossen hast, in meiner Show mit mir zusammenzuarbeiten." Grinsend stützte sie ihr Kinn in ihre Handfläche und beobachtete ihn.

Er lachte über ihre sehr offensichtliche Taktik. „Du bist hartnäckig, das muss man dir lassen."

„Nein. Ich möchte nur, dass du mir deine Scheune zur Verfügung stellst." Sie sah ihn an. „Sag einfach ja. Es ist ganz leicht."

Er war hier in Gefahr.

„Ich verspreche dir", fuhr sie fort, „die Leute werden kommen, um meine Produktion zu sehen. Wir werden ein paar Sketche machen und ein bisschen singen, und oh ja, habe ich dir gesagt, dass ich einen Helden brauche? Du würdest einen großartigen Helden abgeben."

Mann, sie akzeptierte wirklich kein Nein als Antwort! Das gefiel ihm an ihr, und er wollte ja sagen. Doch das wäre nicht fair – für keinen von ihnen. Überzeugend war sie trotzdem. Welcher Mann mit etwas Leben im Blut würde nicht wollen, dass eine Frau glaubte, er wäre ein großer Held? Schade, dass sie auf so unterschiedlichen Lebenswegen waren, erinnerte er sich.

„Ich bin nicht dein Held", sagte er und hasste die Enttäuschung, die in ihren Augen aufflackerte. „Schau, ich glaube einfach nicht, dass du verstehst, was nötig ist, um das umzusetzen, was du vorschlägst. An der Scheune wäre viel zu tun. Es würde viel Zeit und Geld in Anspruch nehmen. Und die Versicherungen, die du brauchst, gibt es auch nicht umsonst. Doch vor allem würde es Engagement erfordern, nicht nur die Show zu produzieren, sondern sie am Laufen zu halten. Du wirst hier verschwinden, sobald du tolle Kritiken bekommst. Tut mir leid, aber ich sehe darin kein Engagement. Ich weiß, das klingt hart, aber es ist die Wahrheit. Das ist, was ich dir sagen wollte." Er tippte an seinen Hut und ging zur Tür. Er musste hier raus, bevor er schwach wurde. Er hatte nicht erwartet, dass sie aus ihrem Stuhl schießen und zwischen ihn und die Tür springen würde.

„Du *kannst* nicht nein sagen." Sie legte ihre Hand auf seine Brust. „Verstehst du das nicht? Ich *brauche* deine Scheune. Es ist der einzige Ort, der funktioniert."

Die Panik in ihren Worten stimmte mit der in ihrem Gesicht überein und brachte Ross ins Stocken. Diese flehenden Augen verdrehten ihm die Eingeweide mehr, als er darauf vorbereitet war. Ein Bild eines mageren, kranken kleinen Mädchens, das vor dem Fernseher saß, schoss durch seinen Kopf.

„Es tut mir leid, aber so ist es nun mal", wiederholte er und fühlte sich wie ein Arschloch, weil er ihr das verweigerte. Er ließ den Kopf hängen, versuchte, nicht nachzugeben und sah auf ihre Füße. Sie hatte Smileys auf den Zehennägeln ihrer großen Zehen, die fast von den Flip-Flops mit großen Rüschenquasten verdeckt waren, in denen ihre zierlichen Füße beinahe untergingen.

Die Smileys waren so unerwartet wie sie.

„Welche Schuhgröße hast du?" Seine eigene, herausgeplatzte Frage erschreckte ihn mehr als die Smileys, und er hob den Kopf. Jetzt fühlte er sich wie ein absoluter Idiot.

Die Panik von Sekunden zuvor verschwand, als sie kicherte und ihren Fuß neben seine Stiefel Größe 45 hielt. „36. Ein kleiner Unterschied zu deinen, nicht wahr?" Sie wackelte mit ihren Smileys. „Dein Fuß hat genau die richtige Größe für einen Helden, findest du nicht?"

Sie blickte zu ihm auf und lächelte mit ihren Grübchen. Das war verrückt! Mit Sicherheit verrückt, doch ihm stockte der Atem, als er sie ansah.

„Also wie wäre es? Wirst du mein Held sein, und mich die Scheune benutzen lassen? Bitte, bitte?"

Seine Entschlossenheit bröckelte fast, als er bemerkte, dass er in mehr als einer Hinsicht ihr Held sein wollte. Doch ihre Lebenspläne waren unvereinbar. Er schüttelte den Kopf. „Es tut mir leid."

Sie zuckte nicht, bewegte sich nicht und blinzelte nicht. „Du weißt, dass ich dich nicht in Ruhe lassen werde. Du wirst keine Ruhe haben, bis du ja sagst und zumindest zustimmst, mir die Gebäude zu vermieten. Meine Füße mögen klein sein, aber meine Entschlossenheit ist groß."

Er zweifelte keine Minute daran. Sie hatte bereits gezeigt, dass sie nicht so schnell aufgab. Er wusste, dass er schnell hier raus musste, bevor er nachgab, doch die Neugier überwältigte ihn. „Warum bist du noch kein großer Filmstar? Mit deiner Hartnäckigkeit würde ich mir vorstellen, dass du auf den Stufen eines Regisseurs campen und ihn dazu überreden würdest, dich in seinem Film spielen zu lassen."

„Mein Agent lässt mich nicht", schnaubte sie ernsthaft. „Sagt, es würde nichts nützen."

„So leid es mir tut, dir das zu sagen, aber es wird auch bei mir nichts nützen." Er würde ihr allerdings nicht sagen, wie dicht dran sie war. Doch fast, als könnte sie es in seinen Augen sehen, lächelte sie und trat ihm aus dem Weg.

„Wir werden sehen, Cowboy. Ich habe Hollywood nicht aufgegeben und ich gebe dich nicht auf. Lass dir das eine Warnung sein."

Ross schnaubte. „Wie du meinst." Es würde ihr nichts nützen, doch er genoss ihre Hartnäckigkeit, auch wenn er nichts mehr mit der Branche zu tun haben wollte.

Nachdem er den Laden geschlossen hatte, fuhr Pete gerade vom Bordstein los, als Ross dicht gefolgt von Sugar auf den Gehsteig trat. So viel dazu, den Hasendraht abzuholen, wofür er extra in die Stadt gekommen war.

„Vorsprechen heute Abend um sieben."

„Ich hoffe, du hast viele Kandidaten. Aber ich habe so das Gefühl, du wirst sehen, was ich dir zu sagen versuche. Du weißt nicht, worauf du dich einlässt, Sugar."

„Du könntest mir helfen und das ändern."

Er zögerte, bevor er die Tür seines Trucks öffnete.

„Das habe dir doch bereits zu erklären versucht. Ich will nicht. Schönen Tag noch, Sugar Ray."

Die Hände hinter dem Rücken verschränkt wippte sie auf ihren winzigen Füßen nach vorn und sah ihn entschlossen an. „Werde ich haben, Ross Denton. Darauf kannst du dich verlassen."

Lebe und lerne, dachte Ross, als er davonfuhr. Es war offensichtlich, dass die Frau tun würde, was sie wollte, unabhängig davon, was jemand ihr riet. Sei's drum. Er sollte sich nicht schuldig fühlen, weil er ihr nicht half. Doch die Wahrheit war, genau das tat er.

KAPITEL FÜNF

„Also, wann ist die Show geplant?", fragte ein Cowboy namens Trace aus der zweiten Reihe. Sugar war mit der Beteiligung zufrieden. Als sie sich in dem Raum voller Cowboys umsah, war sie sich sicher, dass es das Talent, das sie brauchte, hier gab. Außer natürlich, dass Ross auffällig abwesend war.

„Ich hoffe, dass wir die Uraufführung in fünf Wochen schaffen. Wir werden anfangs sehr hart arbeiten müssen, aber dann reichen Proben ein- oder zweimal pro Woche. Da wir nur eine Show am Freitagabend und zwei Shows am Samstag machen, müssen wir nicht jeden Abend das Ganze durchspielen." Sugar war bereit, fortzufahren, indem sie ihnen von den verschiedenen Liedern erzählte und fragte, ob jemand ein Musikinstrument spielte, als sie bemerkte, dass ein Stirnrunzeln durch den Raum rollte.

Mehrere Cowboys begannen miteinander zu reden und schüttelten den Kopf.

Kopfschütteln war nie gut. „Stimmt was nicht?"

„Na ja, Ma'am, schon", sagte ein Cowboy gedehnt, stand auf und hakte seinen Daumen in eine Gürtelschlaufe. „Wir wussten nicht, dass Sie was Langfristiges vorhaben. Wir sind Cowboys. Wir arbeiten."

Ein anderer stand auf und schloss sich der Meuterei an. „Eine solche Verpflichtung können wir einfach nicht eingehen. Unsere Arbeitszeiten sind lang und unberechenbar. Wir können an einer gelegentlichen Show teilnehmen, wie wir es in der Vergangenheit getan haben. Aber jeden Freitagabend und zweimal am Samstag plus Proben – das schaffen die meisten von uns nicht."

Ein Peitschenhieb der Angst traf Sugar. „Aber denkt an alle Vorteile."

„Welche Vorteile?"

Welche Vorteile? „Die Erfahrung und die Aufmerksamkeit." Nachdem sie die Worte laut ausgesprochen und sich im Raum umgesehen hatte, klangen die „Vorteile" plötzlich nicht mehr logisch in ihren Ohren. Die leeren Blicke der Cowboys bestätigten ihr, wie wenig sie über das wusste, was sie im Leben wollten. Es war keine Karriere im Rampenlicht …

Tatsächlich kam sie sich töricht vor, als sie sie jetzt ansah. Sugar war es gewohnt, in einer Stadt zu leben, in der alle nach einem Ausweg suchten. In diesem Raum war sie eindeutig die Einzige mit diesem Ziel.

„Das hatte ich befürchtet", sagte Lacy mit Sorge in ihren Augen.

„Wir dachten, Sie würden ein paarmal proben, dann eine Show machen und fertig. Wie Lacy es immer tut", sagte ein anderer Cowboy, als er aufstand.

Nicht gut. Überhaupt nicht gut. Sugar konnte ihren Rückzug spüren, wusste, dass sie kurz davorstanden, zu gehen.

„Aber es wird Spaß machen! Sicherlich können Sie die Zeit fin–"

„Es tut mir wirklich leid, aber ich kann mich nicht auf so etwas festlegen", sagte Trace und ging auf die Tür zu.

Andere standen ebenfalls auf und entschuldigten sich, und innerhalb weniger Augenblicke begann sich der volle Raum zu leeren, genau wie sie es befürchtet hatte.

Sugar sah zu, wie, einer nach dem anderen, alle im Raum an ihren Hut tippten und dann zur Tür hinausgingen. Der eisige Griff der Panik schloss sich bei jedem, der durch die Tür ging, fester um ihre Kehle. Sie war so verzweifelt, dass sie nicht sprechen konnte und kämpfen musste, um sich ihnen nicht in den Weg zu werfen. Es war eine Sache, sich vor Ross in Verlegenheit zu bringen, doch sie konnte nicht zulassen, dass ein ganzer Raum voller Männer zusah, wie sie ausrastete.

„Lass dich nicht entmutigen", sagte Esther Mae, nachdem der letzte Mann aus der Tür verschwunden war. „Es muss einen Weg geben, das zu umgehen."

„Das stimmt", sagte Adela. „Gott wird den Weg zeigen, wenn er es will."

Sugar gefiel das nicht. *Lass deinen Traum sausen* – die Worte fielen ihr wieder ein, und sie kämpfte darum, sie zu ignorieren. Es wurde immer schwieriger, bei dieser Achterbahn positiv zu bleiben.

„Ich glaube, das wird er", sagte Lacy. „Es gibt einen Weg, das zu umgehen. Vielleicht musst du dir nur einen alternativen Plan ausdenken."

„Scheint so, als ob das seit meiner Ankunft das Dauerthema ist", murmelte Sugar, unfähig, die Niedergeschlagenheit zu verbergen, die sie empfand, als sie sich auf einen Stuhl fallen ließ. „Wenn ich keine Scheune oder Cowboys bekomme, bin ich verloren."

„Es wird schon klappen", beruhigte Esther Mae sie. „Ich weiß das. Schließlich wirst du die Hauptattraktion. Oder?"

„Absolut", antwortete Norma Sue für sie. „Zuerst

bekommst du die Scheune. Dann musst du nur eine Show zusammenstellen, in der du der Star bist. Dann baust du einfach ein bisschen Unterhaltung um dich herum auf, die leicht geändert werden kann, von Show zu Show. Du musst nur den Ansatz ändern und die Jungs dazu bringen, sich zu kurzen Rotationen zu verpflichten."

„Das ist eine großartige Idee!", rief Lacy. „Die Jungs machen die Shows sehr gerne. Die Mädels haben alle Spaß daran, sie singen zu sehen, und die meisten Cowboys aus der Gegend sind zu allem bereit, was ihnen hilft, die richtige Frau zu finden."

„Ich weiß nicht." Nach dieser jüngsten Enttäuschung zögerte Sugar, sich wieder Hoffnungen zu machen. „Sie klangen alle ziemlich entschlossen, dass es zu viel wäre, sich festzulegen. Und Ross hat sich wegen der Scheune nicht gerührt."

Lacy setzte sich neben sie. „Lass dich davon nicht unterkriegen. Du vertraust dem Herrn, oder?"

Sugar versuchte es. „Darum bin ich hier. Ich dachte, dass Gott mich hier haben will. Ich hatte so gehofft, dass hier meine Träume ihren Anfang nehmen würden."

„Dann lass den Kopf nicht hängen", sagte Esther Mae mit der Begeisterung eines engagierten Trainers.

Sugar lachte. „Okay, okay. Ich gebe nicht auf."

„Gutes Mädchen", sagte Norma Sue, und die anderen nickten. „Mule Hollow ist kein Ort, an dem die Leute aufgeben."

„Weißt du was?", sagte Sugar, als die Erkenntnis dämmerte. „Ross wusste es. Er hat geahnt, dass die Jungs so reagieren würden. Er hat versucht, mich zu warnen, aber das habe ich bis jetzt nicht verstanden."

Adela sprach. „Er hat Erfahrung. Nicht nur im Entertainment-Business, sondern auch im Cowboy-Business."

Sugar kniff die Augen zusammen. „Er stand direkt vor mir und hat zugesehen, wie ich glücklich und positiv war, während er wusste, dass die Cowboys nicht mitspielen würden."

Empörung ließ sie von ihrem Stuhl aufspringen. „Von all den schmutzigen, geradezu gemeinen Tricks", sagte sie mit zusammengebissenen Zähnen, während alle sie mit erschrockenen Mienen ansahen. Sie konnten wahrscheinlich den Dampf aus ihren Ohren kommen sehen. „Wenn ihr mich entschuldigt, ich glaube, es ist an der Zeit, dass ich und ein gewisser Cowboy ein Gespräch unter vier Augen führen."

Sie ging den Gang entlang und aus der Tür. Sie konnte hören, wie alle eilig aufstanden und ihr hinaus folgten. Doch sie blickte nicht zurück, als sie die Straße überquerte. Ihre Gedanken waren auf Ross Denton konzentriert.

Er hielt sie für jemanden, der sich leicht kleinkriegen ließ. Er dachte, sie sei nur ein fröhlicher Hohlkopf, der an all das nicht gedacht hatte!

Er hätte sie warnen können, *wirklich* warnen. Die Worte tatsächlich aussprechen können. Selbst wenn er ihr nicht erlauben wollte, seinen Stall zu benutzen oder an ihrer Produktion teilzuhaben, hätte es ihm doch nicht wehgetan, ihr einen kleinen Rat zu geben!

„Sugar!", rief Lacy und stoppte sie, als sie die Tür ihres Autos zuschlagen wollte. „Vielleicht musst du dich erstmal ein bisschen beruhigen."

„Beruhigen? Ich glaube nicht. Danke, dass ihr gekommen seid, Mädels, aber ich muss mich jetzt um dringende Angelegenheiten kümmern. Ich muss einen Cowboy lynchen." Sie knallte die Tür zu, ließ den Motor an und warf einen Blick aus dem Fenster, bevor sie ausparkte. Die älteren Damen flankierten Lacy, und sie sahen zu, wie sie ihr Auto in Richtung Ross' Farm umlenkte.

Erst jetzt fiel ihr ein, dass sie, obwohl die alte Scheune auf einem Teil seiner Ranch lag, keine Ahnung hatte, wo sich sein Haus selbst befand. Sie trat auf die Bremse und kurbelte ihr Fenster herunter. „Könnte mir einer von euch bitte sagen, wo er wohnt?" Angesichts der Blicke, die zwischen ihnen hin und her schossen, hatte sie Angst, dass sie es nicht tun würden.

Doch Norma Sue, Gott segne ihr Herz, stützte die Hände in die Hüften und grinste. „Auf der Straße, die zu seiner Scheune führt, ist eine große Kurve etwa eine Meile die Straße runter. Nach der Kurve ist seine Auffahrt, die erste auf der linken Seite."

„Sie ist ein gutes Stück die Straße runter", fügte Esther Mae hinzu. Sie lächelte auch. „Lass ihn am Leben", kicherte sie und alle lächelten. Wirklich seltsam.

Sugar wusste nicht, was sie daran lustig fanden. Dieser gemeine, schreckliche Mann hatte sie im Grunde zum Narren gemacht. Gereizt trat sie aufs Gas.

Es war Zeit für einen Showdown.

Mit dem Zirpen der Grillen als Hintergrundmusik lag Ross unter seinem Traktor und sang, während er arbeitete. Es war ein George Strait-Song über die Liebe eines Vaters, ein altes Lied, das Ross in der Anfangszeit mit seinem Großvater gesungen hatte. Das war angemessen, denn heute hatte sein Vater Geburtstag. Zuvor hatte er Jud Denton angerufen und ihm gratuliert. Bevor sie sich verabschiedet hatten, hatten sie über den Traktor gesprochen, den Ross verbrennen wollte, die Biber, die er erschießen wollte, und schließlich über die

Frau, die ihm nicht aus dem Kopf ging.

Die, wegen der er sich immer noch schuldig fühlte. Er war sich der Zeit bewusst. Sugar war wahrscheinlich mitten bei ihren Vorsprechen. Und höchstwahrscheinlich lief es nicht gut. Er hatte versucht, nicht daran zu denken, doch er konnte nicht anders. Schließlich war es Sugar, die Frau, die sich wie ein Brandmal in sein Gedächtnis eingeprägt hatte. Sie hatten sich in den fünf Tagen, seit sie in die Stadt gezogen war, dreimal unterhalten, und er konnte sie nicht aus seinen Gedanken kriegen.

Da er auf die Dreißig zuging, hatte er angefangen, Bereiche seines Lebens zu sehen, in denen er sich veränderte. Wie dieser intensive Tunnelblick, den er bei der Suche nach einer Frau entwickelt hatte. Er hatte gehört, dass man es als Nestbautrieb bezeichnete, wodurch er sich aus irgendeinem Grund ein bisschen wie Elmer Fudd oder der Pillsbury Doughboy fühlte. Trotzdem verspürte er das Bedürfnis zu heiraten … und obwohl er wusste, dass Sugar vor Beginn des neuen Jahres den Staub von Mule Hollow von ihren süßen kleinen Füßen schütteln würde, hatte sie seine Aufmerksamkeit wie keine andere Frau jemals zuvor auf sich gezogen. Das war nicht gut.

„Und ich dachte, du wärst ein netter Kerl!"

Sugar! Beim Klang ihrer wütenden Stimme zuckte

er zusammen und stieß sich den Kopf am Fahrwerk.

„Oh! Geht's dir gut?", keuchte sie, all die Wut verflogen mit seinem *Autsch!*.

„Mir geht's gut", grunzte er und zog sich unter dem Traktor hervor, während er sich die Stirn rieb und sie mit nur einem Auge ansah, als der Schmerz von der Beule ausstrahlte, von der er schon jetzt spürte, dass sie sich über seinem anderen Auge bilden würde.

„Du hast eine Beule", rief sie und ging neben ihm in die Hocke. Sie berührte seine Stirn mit zögernden Fingern.

„Die wird schon wieder vergehen", sagte er und blinzelte sie immer noch an. Der Schmerz verflog in dem Moment, in dem ihre Finger ihn berührten, oder vielleicht war es der Moment, in dem sie sich näher beugte und er ihren Duft wahrnahm – wie Frühling, weich und frisch. Für einen kurzen Moment starrten sie sich nur an. Dann blinzelte sie, ihre Augen wurden hart, und sie zog ihre Finger zurück.

„Geschieht dir recht", sagte sie. „Du *wusstest*, dass diese Cowboys mich sitzenlassen würden, sobald ich ihnen sagte, was für die Show nötig ist."

„Ja, das wusste ich." Ross stand auf, nahm einen Lappen vom Kotflügel des Traktors und wischte sich die Hände sauber. „Und wie ich dir schon sagte, ist Mule Hollow nicht Hollywood, wo alle Nebenjobs haben, die nachrangig sind, wenn sie eine Rolle bekommen. Hier ist Ranchland. Die Kühe kommen zuerst. Das ist, was Cowboys tun – sie pflegen ihre Tiere. Und das heißt, sie arbeiten so lange, bis die Arbeit erledigt ist – bei Bedarf bis in die Nacht. Du hättest wissen sollen, dass die Schauspielerei nicht an erster Stelle auf ihrer Liste stehen würde. Dass du es angenommen hast, beweist nur, dass du keine Ahnung von dem hast, was du auf die Beine stellen willst. Vor allem, da deine Produktion davon abhängt, dass du eine lokale Besetzung und Crew hast."

Sie verschränkte die Arme und sah aus, als würde sie ihm gerne noch eine Beule auf der Stirn verpassen. Doch er wusste, dass sie die Wahrheit nicht leugnen konnte.

„Das mag stimmen, aber du hättest mich trotzdem warnen können. Nein, warte. Ich weiß. Du hast es mir nicht gesagt, weil du dich mit nichts beschäftigen willst, was mit einer Show zu tun hat. Das ist so eine dumme Ausrede."

„Vielleicht hätte ich es dir sagen sollen. Ich hatte allerdings nicht gedacht, dass du zuhören würdest, nicht, dass das relevant wäre. Der Punkt ist, dass das nur der Anfang dessen ist, wovon du keine Ahnung hast. In einem Werbespot mitzuspielen und eine Produktion auf die Beine zu stellen, ist, wie Äpfel mit Bananen zu vergleichen. Ich habe versucht, dir das verständlich zu machen. Du hast nicht das Zeug dazu."

Sie funkelte ihn böse an. „Du kennst mich nicht. Du weißt nichts über mich! Du sagst, ich habe nicht das Zeug dazu, aber lass uns über dich reden! Du bist einer der „Singing Duprees". Ein Dupree, um Himmels willen! Du sagst mir, ich habe nicht das Zeug dazu, und doch hast du deine Träume aufgegeben, um hierherzukommen? Um das hier zu tun?" Sie deutete mit einer Hand auf seinen Traktor. Was sie meinte war klar.

„Ich habe meinen Traum nicht aufgegeben. Ich *lebe* meinen Traum. Aber du würdest das nicht verstehen –"

„Nein, würde ich nicht! Ich verstehe nicht, wenn ein Mann mit einem gottgegebenen Talent es wegwirft. Doch was ich wirklich nicht verstehe, ist, wie man so egoistisch sein kann. Siehst du nicht, was diese Produktion für die Stadt tun könnte? Denk doch nur an die damit verbundenen wirtschaftlichen Aspekte. Ist dir nicht klar, dass wir etwas bewirken könnten, indem wir an den Wochenenden mehr Leute hierherlocken? Denk an die Einnahmen, die es der Gemeinde bringen würde."

Angesichts dessen, was er über ihre Vergangenheit erfahren hatte, hatte er Mühe gehabt, ruhig zu bleiben, doch bei dieser Aussage endete seine Geduld. „Komm schon, Sugar. Gib es zu. Du interessierst dich nicht für diese Gemeinde. Du bist hier, um dir zu nehmen, was du kriegen kannst, und dann weiterzuziehen. Du willst dir ein Urteil über mich bilden? Dann schau mir in die Augen und sag mir, dass ich mich irre."

Zumindest schien ihr die Wahrheit peinlich zu sein. Sie wandte den Blick kurz ab. „Okay, es stimmt, dass ich nicht bleibe. Doch das heißt nicht, dass mir alles egal ist. Obwohl ich erst seit kurzer Zeit hier bin, spüre ich schon jetzt eine Verbindung zu all diesen wunderbaren Menschen."

„Vielleicht, aber du könntest jederzeit den Deal beenden und verschwinden."

„Nein. Das würde ich nicht tun."

„Wenn Hollywood mitten in deiner Show anruft und dir eine schöne, fette Rolle anbietet, kannst du nicht hier vor mir stehen und mir erzählen, dass du uns nicht wie eine heiße Kartoffel fallenlassen und dahin zurückrennen würdest, ohne auch nur einen Blick zurückzuwerfen!" Er biss die Zähne zusammen, um nicht noch mehr zu sagen.

Ihre Augen funkelten, als sie ihn anstarrte. „Ich habe mir den Rücken *krumm gearbeitet*, um es in Hollywood zu schaffen", sagte sie schließlich mit leiser Stimme. „Ich habe studiert. Habe meinen Beitrag geleistet. Ich war so kurz davor, meinen Durchbruch zu bekommen, dass …" Sie hielt inne, ihre Stimme brach beim letzten Wort.

Oh Mann, sie wird weinen! Er hatte nicht *so* hart rüberkommen wollen. Er wandte sich ab, starrte auf seinen Traktor, und betete, dass sie ihre Gefühle in den Griff bekommen würde. Er drehte sich wieder um, als sie sich eine Träne von der Wange wischte. Besorgt, dass alles, was er jetzt sagte, die Situation nur noch schlimmer machen würde, schwieg er und ließ die Grillen den unbehaglichen Moment ausfüllen.

„Ich verstehe dich einfach nicht", sagte sie schließlich.

Er rieb sich den Nacken und überlegte, wie er darauf reagieren sollte. Er war kein gemeiner Kerl. Er war nicht gerne in dieser Position. „Schau, Applegate hat mir erzählt, dass du schon als kleines Mädchen Schauspielerin werden wolltest. Und glaub mir, ich wünsche dir alles Gute. Es tut mir wirklich leid, was du als Kind alles durchmachen musstest."

Ihre Augen blitzten. „Ich habe dich nicht um dein Mitleid gebeten. Ich habe dich gebeten, mir zu helfen, eine Show auf die Beine zu stellen."

„Ich habe kein Mitleid mit dir."

Sie funkelte ihn an, ihre Augen nannten ihn einen Lügner.

Die Frau machte ihn verrückt. „Okay, das war eine Lüge. Ich wäre ein Idiot, wenn ich kein Mitleid mit dir hätte, und das weißt du."

„Mach dir keine Sorgen – du bist auch so schon ein

Idiot, ohne meine Kindheit ins Spiel zu bringen."

Ross hatte genug. Er kniff den Mund zusammen und antwortete nicht.

„Oh Gott, was sage ich da?", fragte sie, als die Farbe aus ihrem Gesicht wich. „Das tut mir leid."

Er sagte weiterhin nichts, als sie sich zum Scheunentor zurückzog.

„Ich muss gehen", sagte sie. „Ich hätte nicht hierherkommen sollen. Du willst die Show nicht machen. Das ist dein gutes Recht." Sie erreichte das Tor und blieb stehen. „Ich weiß nicht, was ich mir gedacht habe. Ich bin nach Mule Hollow gekommen, mit der Gewissheit, dass Gott diese Tür geöffnet hat und dass das der richtige Schritt für mich war." Sie hielt inne, dann schüttelte sie den Kopf und sah verletzlich aus. „Offensichtlich bist du nicht Teil dieser offenen Tür, und ich habe dich genug belästigt." Sie presste die Lippen aufeinander, nickte, als wollte sie sich verabschieden, drehte sich dann um und ging weg.

Ross rührte sich nicht. Er fühlte sich schrecklich angesichts der Begegnung und wollte ihr fast nachlaufen. Doch er tat es nicht. Nichts hatte sich geändert. Sie konnte ihn nennen, wie sie wollte, doch die Wahrheit war, dass sie diese Gemeinde benutzen und sie dann fallen lassen würde. Sie hatte nicht einmal versucht, es zu leugnen.

KAPITEL SECHS

Als Ross am nächsten Morgen vor der Kirche ankam, mähten Norma Sue und Esther Mae ihn nieder, beide erhitzter als der Augustwind während einer Dürre.

„Von all den egoistischen, unglaublichen Dingen, die man tun kann!", zeterte Norma Sue schwer atmend, die Fäuste in den Hüften geballt. „Ich habe das Gefühl, dass du was gegen dieses Mädchen hast."

„Wirklich, Ross Denton, ich schäme mich für dich. Die Scheune verrottet da draußen doch nur", fügte Esther Mae hinzu. Ihr Gesicht war so gerötet wie ihr Haar, sowohl vor Wut als auch vor ihrem und Norma Sues Fünfzig-Yard-Sprint.

„Ladys, wenn ich denken würde, dass diese Idee von Sugar funktionieren würde, würde ich vielleicht nachgeben. Aber ich glaube nicht, dass sie eine Chance hat, etwas so Großes auf die Beine zu stellen." Er hörte ihnen höflich zu, doch sobald er fortfahren konnte, tat er es. Nur um von Applegate, Stanley und Sam in die Enge getrieben zu werden.

„Es ist nicht richtig, dass du dieses arme kleine Mädchen von seinen Träumen fernhältst", knurrte Applegate, und seine Kumpels stimmten zu.

Armes kleines Mädchen. „Kann keiner von euch sehen, dass Sugar nicht die Spur einer Ahnung hat, worauf sie sich einlässt?"

Stanley kratzte sich am Kopf. „Natürlich sehen wir das. Doch was wäre, wenn sie Hilfe hätte? Glaubst du nicht, dass sie es dann könnte?"

„Ja, was ist damit?", fügte Sam hinzu und drängte sich mit den Ellbogen zwischen seine Kumpels, damit er zu Ross aufblicken konnte.

Ross musterte die Männer, ihre alten Augen drängten ihn, seinen „Cowboy zu stehen".

„Schaut, Leute. Wir reden über Lichter, Soundsystem, Leute, die beides regeln. Und das ist nur der Anfang. Wo wird das Publikum sitzen? Eine Bühne müsste gebaut werden, außerdem müsste sie Kostüme und Requisiten besorgen. Dazu sind Manpower, Geld, und ich sage es noch einmal, *dauerhaftes Engagement* nötig. Dabei geht's nicht einmal um die Zeit, die in Proben investiert werden müsste. Versteht ihr nicht, wir reden hier nicht davon, sich auf ein einmaliges Wochenendspiel vorzubereiten. Die Rede ist von einer Produktion, die monatelang Wochenende für Wochenende läuft. Sie wird nicht lange genug bleiben, dass es jemandem außer ihr nützen würde. Warum sollte ich das also in meinen Zeitplan einbauen und mich darauf festlegen, wenn ich weder Zeit noch Lust habe? Vor allem, da sie sofort wegrennen wird, sobald Hollywood ruft. Tut mir leid, aber nein danke. Wenn ihr das alle so sehr für sie wollt, dann helft ihr." Er beendete seine Ansprache und marschierte davon, wobei er sich wieder als der Bösewicht fühlte. Doch hier musste jemand seinen Kopf benutzen. Das hatte er sich die ganze Nacht gesagt.

Ich bin nach Mule Hollow gekommen, mit der Gewissheit, dass Gott diese Tür geöffnet hat und dass das der richtige Schritt für mich war.

Seine Eingeweide verkrampften sich, als ihm ihre Worte wieder einfielen. Sie waren ihm nicht aus dem Kopf gegangen, auch nicht lange, nachdem sie gestern Abend weggefahren war.

Sie dachte, Gott hätte hier einen Plan für sie.

Sie hatte so aufrichtig geklungen.

Er hatte dasselbe gedacht, als er die Bühne aufgegeben und auf die Ranch gezogen war. Das war der Ort, an dem er sein sollte, und niemand konnte ihn vom Gegenteil überzeugen. Doch sie waren verschieden. Er würde nicht weggehen.

Seine Schritte wurden langsamer, als er Sugar auf der anderen Seite der Wiese vor der Kirche sah. In ihrem bunten Sommerkleid sah sie aus wie ein Regenbogen, und sie war von Cowboys umgeben – offensichtlich hegte sie keinen Groll auf *sie*, weil sie nicht bei ihrer Show mitspielen wollten.

Er kannte all diese Cowboys und wusste, dass sie es tun würden, wenn es einen machbaren Weg für sie gab, ihr zu helfen. Sie lachte über etwas, das einer von ihnen sagte, und Ross' Brust zog sich zusammen. Er versuchte, es abzuschütteln, als er die Kirche betrat. Er erinnerte sich daran, dass er einen klaren Kopf behalten musste.

Nicht in geselliger Stimmung grüßte er alle, die mit ihm sprachen, knapp und ließ sich dann auf die erste leere Bank in einer fernen Ecke der Kirche fallen. Er durfte sich das nicht so zu Herzen nehmen. Er wollte nichts mit einer Produktion zu tun haben und sollte sich deswegen nicht schlecht fühlen.

Doch er tat es.

Und es störte ihn einfach, dass auch diese anderen Cowboys sie abgewiesen hatten, und doch waren sie da draußen und lächelten, während sie ihm den Kopf abreißen wollte. Ross verschränkte die Arme und sah zu, wie sich die Cowboys ein paar Minuten später auf die Plätze des Chors stellten. Norma Sue und Esther Mae setzten sich in die Mitte der ersten Reihe, drehten sich um und lächelten die Gemeinde an.

Ihn jedoch nicht.

Sugar hatte Ross aus dem Augenwinkel beobachtet, als er praktisch auf die Kirche zugestürmt und darin verschwunden war. Sie hatte die Tatsache nicht übersehen, dass er mit Norma Sue und Esther Mae und dann mit Haleys Großvater und seinen beiden Kumpels ein hitziges Gespräch geführt hatte.

Sugar wusste nicht, was die älteren Männer von ihm gewollt hatten, aber sie konnte sich nach gestern Abend gut vorstellen, dass Norma und Esther für sie eintraten.

Sie wollte Genugtuung empfinden. Seltsamerweise tat sie es nicht.

Sie war verunsichert und fragte sich, ob jeder in der Stadt ihre Geschichte kannte. Es bestand die Möglichkeit, dass Applegate nicht allen von ihrem Leben erzählt hatte, doch sie hatte das ungute Gefühl, dass dem möglicherweise nicht so war. Sie hasste Mitleid. Sie hatte jahrelang damit gelebt, war fast zu Tode verhätschelt worden. Wenn sie den Leuten erzählte, wie sie zu ihrem Namen gekommen war, übersprang sie meistens die Tatsache, dass die Komplikationen ihrer Geburt jahrelang angedauert hatten. Übersprang ihre Kindheit als einsames kleines Mädchen, das verzweifelt betete, dass Gott ihm eines Tages einen starken Körper geben möge.

Sie fühlte sich schwach, wenn die Leute tief in ihre Seele sehen konnten.

Als sie gestern Abend bemerkt hatte, dass Ross es wusste, hatte sie sich schlecht benommen, zum Teil, weil sie sich am liebsten unter einen Felsen verkrochen hätte. Mitleid war das Letzte, was sie von ihm wollte. Sie hatte die Wahrheit gesagt, als sie gesagt hatte, sie würde einen anderen Ort für ihre Show finden. Sie brauchte ihn nicht. Doch das hatte nicht verhindert, dass sie deprimiert nach Hause gegangen war und diese schreckliche Stimme der Niederlage gehört hatte, die ihr immer wieder sagte, sie solle ihre Träume aufgeben.

Diese Stimme störte sie immer mehr. Sie hatte sicher geglaubt, dass sie sie in L.A. zurückgelassen hatte. Dass es *nicht* der Herr war, der sie aufforderte, ihre Träume „aufzugeben". Sie würde nicht, konnte nicht glauben, dass Gott so etwas von ihr verlangen würde. Immerhin hatte er diese Träume in ihr Herz gepflanzt. Ja, das hatte er. Und sie würde auf keinen Fall aufhören, nur weil es schwer war, sie zu erreichen. Auf

DEBRA CLOPTON

keinen Fall. Sie kannte den Kampf.

Sie hatte vom Anfang ihres Lebens an Widrigkeiten überwunden, indem sie ein Ziel vor Augen gehabt hatte. Sie sollte ein Star sein, genau wie diejenigen, die sie als Kind gesehen hatte, die ihre Tage mit Freude erfüllt hatten. Sie wusste, dass sie dasselbe tun sollte. Es war ihr bestimmt, Amerikas nächster Schatz werden. Einer, der anderen kleinen Mädchen mit eigenen Träumen Freude bereiten würde. Einige – viele sogar – hielten ihre Träume für trivial. Doch sie würde nicht aufgeben.

Als sie in der Nacht zuvor endlich eingeschlafen war, war es mit der Entschlossenheit gewesen, weiterhin daran zu glauben, dass sie in Mule Hollow sein sollte. Doch sie würde lügen, wenn sie behaupten würde, dass all die Widrigkeiten, denen sie begegnete, sie nicht runterzogen. Ross Denton war die Nummer eins auf dieser Liste. Hielt das ihre albernen Augen davon ab, sich nach ihm umzusehen, als sie in einer Kirchenbank im hinteren Teil der Kirche Platz nahm? Oh nein, das nicht. Sie konnte sein Profil ganz deutlich sehen. Und was sah sie?

Die Beule auf seiner Stirn!

Sie war wahrscheinlich nicht groß genug, dass andere sie bemerkten, doch weil sie wusste, dass sie da war, konnte sie sie sogar aus der Ferne deutlich sehen. Unerwünschte Schuldgefühle stiegen in ihr auf, und sie

90

wandte den Blick ab.

Sie war froh, als eine hübsche Brünette mit einem warmen Lächeln fragte, ob sie sich neben sie setzen dürfte.

„Oh, bitte." Sie rutschte die Bank hinunter, so dankbar für die Ablenkung, dass sie die Frau hätte umarmen können.

„Danke. Ich bin Molly Jacobs. Du musst Sugar sein", sagte sie, ließ sich nieder und streckte ihre Hand aus.

„Die bin ich!", rief Sugar, sofort aufgeregt. „Und du bist genau diejenige, die ich zu treffen gehofft habe!"

Molly kicherte. „Dann sind wir schon zu zweit. Ich hätte dich früher kontaktiert, aber ich war wegen einer Geschichte nicht in der Stadt. Wir haben viel zu besprechen, nicht wahr?", flüsterte sie und beugte sich zu ihr hinüber, als Adela anfing, Klavier zu spielen. „Wie wäre es mit einem Mittagessen bei mir zu Hause nach der Kirche? Ich würde gerne alles über diese Produktion erfahren, von der ich gehört habe, dass du sie auf die Beine stellen willst."

„Das wäre fantastisch!" Sugars Stimmung besserte sich. Es war, als hätte Gott sie wieder einmal ermutigt, als sie es so dringend brauchte. Er würde ihre Träume vielleicht nicht ohne ihre erhebliche Mühe verwirklichen, doch sie wusste, dass er auf ihrer Seite war. Und wenn Gott auf ihrer Seite war, dann war alles möglich … *alles!*

Wie die Tatsache, dass Bob, Mollys Ehemann, wirklich wie Tim McGraw sang. Als er aus dem Chor trat und anfing zu singen, bemerkte Sugar sofort, dass er eine Stimme hatte, die der des Country-Musik-Superstars unglaublich ähnlich war. Nicht nur das, er wurde auch von einem Chor unterstützt, der hauptsächlich aus Cowboys bestand, die ihr am Abend zuvor einen Korb gegeben hatten. Zu ihrer Überraschung hatten sie sie heute Morgen mit herzlichen Entschuldigungen begrüßt und ihr Hoffnung gemacht, dass sie vielleicht doch eine Lösung finden könnten. Die Hoffnungen ihres Herzens wurden noch einmal erneuert, als sie in der Kirchenbank saß und der Musik lauschte. Es gab Talent in Mule Hollow.

Vielleicht hatte Norma Sue Recht. Sugar brauchte nur eine Show, in der sie der Star war, mit wenigen Darstellern, die ein- und ausgewechselt werden konnten. Cowboys, die während der Pause und vor der Show sangen, konnten sich ebenfalls abwechseln. Sie war so aufgeregt über das neue Feuer, das in ihr brannte, dass sie während des gesamten Gottesdienstes vor sich hinlächelte.

Als sie später am Nachmittag nach Hause kam, war die Stimme des Zweifels weit, weit weggedrängt. Sie und Molly hatten sich sofort verstanden. Die temperamentvolle Reporterin liebte ihre Idee, eine Show zu produzieren, und hatte versprochen, ihr so gut wie möglich dabei zu helfen. Sie hatte vor, bereits in der nächsten Woche Sugars Idee in ihrer Kolumne zu erwähnen, obwohl Sugar noch nichts Endgültiges hatte.

Bob hatte versprochen, auch zu helfen, wenn sie einen rotierenden Zeitplan aufstellen konnte, wie sie vorgeschlagen hatte. Der gutaussehende, total verliebte Cowboy hatte eine Romanze vorgeschlagen, denn genau darum ging es bei Mule Hollow, und um sie zu inspirieren, hatte er seine Gitarre zur Hand genommen und Molly ein Liebeslied gesungen. Es war das Romantischste, was Sugar je erlebt hatte, und auch, wenn sie es nicht wollte, war sie von der Beziehung des Paares inspiriert.

Molly hatte davon geträumt, Auslandskorrespondentin zu werden, bevor sie Bob kennengelernt hatte. Das verunsicherte Sugar ein wenig, obwohl ihre Verbindung nicht zu leugnen war. Sowohl Haley als auch Molly hatten aus Liebe aufregende Karrieren aufgegeben. Und obwohl Sugar ein Problem damit hatte, dass Frauen ihre Träume der Liebe opferten, konnte sie nicht leugnen, dass beide glücklich aussahen.

Trotzdem konnte Sugar nicht anders, als sich über

Mollys Zukunft zu wundern. Wie würde sie sich in den kommenden Jahren fühlen? Würde sie mit Bedauern auf ihre Entscheidungen zurückblicken?

Natürlich gingen Mollys Lebensentscheidungen Sugar nichts an. Sie war einfach nur dankbar, dass die Kolumnistin ihren Traum unterstützen wollte. Das Telefon klingelte, als sie ihre Wohnung betrat. Sie ließ ihre Handtasche fallen, zog ihre Pumps aus und schnappte sich das Mobilteil.

„Hey, Schwesterherz, wie geht's dir?", fragte ihr Bruder.

„Cody, es tut so gut, deine Stimme zu hören … stimmt was nicht?"

„Nein, jetzt nur keine Panik. Wir waren heute nach der Kirche zum Mittagessen bei Mom und Dad, und niemand hatte von dir gehört, also wollten wir nur nachhören, wie's dir geht."

„Bist du jetzt bei ihnen?" Bei Codys Worten verspürte sie diese vertraute Sehnsucht nach Familie. Auch wenn es wehtat, dass keiner von ihnen ihre Entscheidung, Schauspielerin zu werden, vollständig unterstützte, vermisste sie sie dennoch. Sie bekam ihre Antwort, als sie ein lautes mehrstimmiges „Hallo" hörte. Sie lachte, und plötzlich stiegen ihr Tränen in die Augen. „Hi! Bitte sag grüß alle von mir."

„Das überlasse ich dir gleich selbst. Ich werde das

Telefon rumreichen, aber zuerst will ich mit dir sprechen. Warum hast du nicht angerufen und uns erzählt, ob du dich eingelebt hast?"

„Das tut mir leid." Sie wusste, dass sie hätte anrufen sollen. Doch sie wusste auch, dass sie wieder einmal versucht hätten, sie zu überreden, zurück nach Hause zu kommen. Das hatten sie immer getan. *Immer.* „Ich bin hier, und es ist ein wirklich schöner kleiner Ort. Ich denke, es würde euch hier gefallen." Was gab es hier nicht zu mögen? Wenn sie wollten, dass sie an einem sicheren Ort war, das war Mule Hollow definitiv. Garantiert war es sicherer als die Gegend, die sie sich in L.A. leisten konnte.

„Überall ist besser als dort, wo du warst."

„Komm schon, Cody, fang nicht wieder damit an. Bitte." L.A. war genauso sicher wie jede andere Stadt, doch sie hatten es gehasst, dass sie dort war.

„Tue ich nicht. Aber sag, brauchst du Geld?"

„Nein, brauche ich nicht." Sie versuchten ständig, ihr Geld zuzustecken, und es gefiel ihnen nicht, dass sie dasselbe Auto fuhr, das sie vor fünf Jahren quasi für einen Apfel und ein Ei gekauft hatte. Doch Sugar war entschlossen, es allein zu schaffen. Bisher war es ihr gelungen. Das Geld, das sie von ihrer Großmutter geerbt hatte, hatte ihr geholfen. Doch vier überfürsorgliche, erfolgreiche Brüder waren schwer aufzuhalten. Sie schienen nicht zu verstehen, dass sie ihren Stolz hatte und dass sie beschlossen hatte, dass, wenn keiner von ihnen ihren Traum unterstützen wollte, sie sich sicherlich nicht von ihnen aushalten lassen würde. Das würde nicht passieren, selbst wenn sie plötzlich doch anfingen, an sie zu glauben.

„Schau, Cody, ich komme allein klar."

„Ich weiß, Schwesterchen. Ich weiß", sagte er und brachte sie zum Lächeln.

Sie verbrachte die nächste halbe Stunde damit, mit jedem in ihrer Familie zu sprechen und viele der gleichen Gespräche immer und immer wieder zu ertragen. Trotzdem lächelte sie vor sich hin, als sie auflegte. Gott segne sie, sie meinen es gut. Doch egal, was sie dachten, sie würde es schaffen. Das war sie und sie wünschte sich in ihrem Herzen nur, dass sie an sie glauben würden.

Unruhig und entschlossener denn je ging sie ins Büro, um im Internet nach Ideen für Solo-Shows zu recherchieren. Sie musste sich eine Show ausdenken, doch bisher hatte ihr nichts von dem, was sie gefunden hatte, gefallen. Nichts fühlte sich richtig an.

Und außerdem brauchte sie etwas mit singenden Cowboys.

KAPITEL SIEBEN

„Also, was denkt ihr, Jungs?", fragte Sugar am nächsten Morgen im Diner. Es war erst sieben Uhr, doch sie war zu aufgedreht gewesen, um in ihrer Wohnung zu bleiben, also war sie zu Applegate, Stanley und Sam gefahren, um sie zu besuchen. „Was soll ich wegen einer Location machen, an der ich meine Show aufführen kann?"

„Wir denken, du musst in dein Auto steigen, rausfahren und noch einmal mit Ross reden", sagte Applegate laut.

„Finde ich auch", stimmte Sam zu. „Ihr habt auf dem falschen Fuß angefangen, das ist alles."

„Ja", sagte Stanley. „Er ist im Moment einfach gereizt, weil diese Mistviecher sein Eigentum zerstören. Wusstest du, dass die Biber versuchen, sein bestes Weideland in einen See zu verwandeln?"

Sugar zuckte zusammen. Sie hatte nicht geahnt, dass Ross Probleme haben könnte. Plötzlich fiel ihr ein, dass er am Samstagabend an seinem Traktor gearbeitet hatte.

„Glaubt ihr, das könnte einer der Gründe sein, warum er so stur war?"

Die drei Männer nickten. Auch Applegate nickte ernst. „Der Junge braucht nur ein bisschen Hilfe da draußen."

Stanley hielt inne, einen Spielstein in der Hand. „Er war heute Morgen auf dem Weg nach draußen als Erstes hier drin. Er braucht wirklich Hilfe. Alle anderen sind mit ihrer eigenen Arbeit beschäftigt und können ihm nicht unter die Arme greifen."

Sam sah grimmig aus. „Wir würden ja helfen, aber wir sind alt."

„Ja, alt wie Methusalem", grunzte Applegate.

Als Sugar begriff, worauf sie hinauswollten, verkniff sie sich ein Lächeln. Sie führten tatsächlich was im Schilde ... doch sie hatten trotzdem Recht. Sie war heute Morgen aufgewacht und hatte gedacht, sie sollte vielleicht noch einmal versuchen, mit Ross zu sprechen. Die beiden waren am Samstagabend im Streit auseinander gegangen, und es fühlte sich einfach nicht richtig an. Um Himmels willen, sie waren beide Christen! Doch was hatten diese drei alten Männer vor?

„Also meint ihr, ich soll rausfahren und nachsehen, ob er Hilfe braucht? Ich?"

Sie nickten und sahen wirklich mitleiderregend aus. Es war offensichtlich, dass sie sich bemühten, besonders mitleiderregend alt auszusehen. Sie biss sich fester auf die Lippe und atmete durch die Nase ein, versuchte nicht zu lachen.

„Wo sind diese Biber?", fragte sie, obwohl ihre Stimme etwas höher als normal war. Ihm zu helfen würde ihr nicht nur die Möglichkeit geben, ihm eine andere Seite von sich zu zeigen, sondern sie war auch neugierig auf die Biber. Sie hatte noch nie einen lebenden Biber außerhalb eines Zoos gesehen.

Applegate grinste. „Ganz einfach. Folg der Straße an seiner alten Scheune vorbei und fahr dann zwischen den Bäumen durch, und du wirst ihn finden."

Am Ende musste sie nicht zu den Bibern fahren, um ihn zu finden. Sie sah ihn aus seiner Scheune – auch bekannt als ihr zukünftiges Theater – kommen, als sie darauf zufuhr. Sie hielt an, und er blieb neben seinem Truck stehen, einen Fuß auf der Trittstufe und eine Hand an der Tür. Er schien nicht glücklich, sie zu sehen. Der arme Kerl dachte wahrscheinlich, sie wäre hier, um ihm wieder wegen der Scheune auf die Nerven zu gehen.

Sie eilte auf ihn zu. „Ich bin froh, dass ich dich

gefunden habe."

„Sugar, dafür habe ich jetzt keine Zeit."

„Ich weiß, dass du Probleme mit ein paar Bibern hast. Sam und seine Kumpels haben es mir erzählt."

Seine Brauen verschwanden im Schatten unter seinem Hut. „Und warum haben sie dir das erzählt?"

„Damit ich dir helfe."

„Was?" Er runzelte die Stirn.

„Schau, Ross. Ich finde es schrecklich, wie das neulich Abend aus der Bahn gelaufen ist. Ich habe viel darüber nachgedacht, und es tut mir wirklich leid. Ich bin gekommen, um zu helfen."

Er schüttelte den Kopf. „Mir tut es auch leid. Normalerweise bin ich nicht so ein Spaßverderber. Es gibt ein paar Dinge, die ich anders hätte sagen können. Doch du bekommst die Scheune immer noch nicht, und deine Hilfe brauche ich auch nicht." Er setzte sich hinter das Steuer und schloss die Tür. „Schönen Tag noch", sagte er durch das offene Fenster.

Sugar wollte nicht aufgeben. Sie rannte zur Beifahrertür und riss sie auf. „Whoa, Cowboy", sagte sie und hüpfte hinein. „So leicht wirst du mich nicht los. Ich komme mit dir."

„Du bist ein stures Weibsbild", sagte Ross. „Wie du willst. Du willst unbedingt mitkommen, dann gut. Aber das bedeutet nicht, dass ich meine Meinung ändern werde."

„Auch gut. Aber ein Mädchen darf Hoffnung haben", erwiderte sie, und es brachte ihr ein Lachen ein, das gute Schwingungen direkt in ihr Herz schickte. „Also gefällt dir das Land?", fragte sie, als sie auf die Schotterstraße zurückfuhren und auf die Bäume zusteuerten. Sobald die Worte aus ihrem Mund waren, zuckte sie zusammen. Smalltalk war nach ihren hitzigen Diskussionen einfach unbeholfen, doch sie versuchte noch einmal von vorne anzufangen. Musste sie dennoch so eine Selbstverständlichkeit fragen? Er hatte ihr nicht nur schon gesagt, dass es ihm hier gefiel, sondern es war offensichtlich. Er passte perfekt hierher.

„Ja, das tut es", sagte er. „Sag mir eins, Sugar. Woher kommst du? Und ich meine nicht das Land von Glitzer und Glamour."

Das war gut. Ein freundliches Gespräch. „Scottsdale, Arizona."

Er schien überrascht und sah sie an. „Warum bist du nicht nach Hause gegangen, um diese Show auf die Beine zu stellen?"

„Meine Eltern und Brüder leben noch immer dort. Als Baby der Familie habe ich immer das Gefühl, dass sie mich ersticken. Außerdem wollte mich Haley hier haben, und Mollys Kolumne bietet mir einen großen Vorteil, den ich sonst nirgendwo bekommen könnte."

„Und wie bist du in Hollywood gelandet?"

Das war wirklich gut; er versuchte tatsächlich, sie kennenzulernen. Das war eher wie der erste Tag, an dem sie sich kennengelernt hatten. „Ich habe mein Auto gepackt und bin gleich nach dem Highschoolabschluss los. Große Träume neigen dazu zu verblassen, wenn man ihnen nicht schnell nachgeht."

Sie fuhren durch die Bäume, und Sugar konnte sehen, wie die Morgensonne wie Lichtsäulen auf der Straße vor ihnen durch die Blätter schoss. Es war wunderschön.

„Also, wie weit bis zu diesen süßen kleinen Bibern, die du von deinem Land vertreiben willst?"

„Nicht weit bis dahin, wo diese pelzigen Plagegeister aus perfektem Weideland einen See machen."

Sie starrte die Kühe an. Er hatte einige schwarze und einige graue, einige mit Höckern, einige mit Hörnern. „Die sehen aus, als ob sie viel Platz brauchen. Das sind wirklich große Kühe."

Er warf ihr einen amüsierten Blick zu. „Du bist wirklich kein Mädchen vom Land."

„Nein. Ich habe echte Entzugsprobleme hier draußen. Oh", keuchte sie, als der Boden neben der Schotterstraße, auf der sie fuhren, plötzlich matschig wurde. Es war wie das Tiefland nach einer Flut. „Das ist normalerweise nicht so, oder?"

„Vor einer Woche standen da draußen Rinder und haben gegrast. Wenn das so weitergeht, wenn die Biber mehr Bäume fällen und den Bachlauf komplett blockieren, steht das Wasser bald auf der Straße."

Jetzt konnte sie seinen Unmut über die Tiere verstehen.

Sie fuhren weiter durch einen kleinen Baumstreifen und erreichten den Bach, wo ein Damm aus Ästen und Zweigen gebaut worden war. „Wow, Wahnsinn! Das haben Tiere gebaut?"

„Dieser *Wow-Wahnsinn*-Damm ist ein Werk der Zerstörung." Ross parkte den Truck und stieg aus.

Sugar folgte. Sie wollte genauer hinsehen und ging auf das Bauwerk zu. Der Schaden am Hain war offensichtlich; Baumstümpfe überall.

„Schau dir das an", sagte sie und deutete darauf … als hätte er es nicht schon gesehen. „Und zu denken, dass sie das mit ihren Zähnen gemacht haben." Sie hob ihren Finger und rieb ihre Schneidezähne. „Das muss starker Zahnschmelz sein."

„Offensichtlich", brummte Ross entnervt.

„Was ist das?" Sie zeigte auf einige Bäume, um die etwas gewickelt war, das wie Hasendraht aussah.

„Käfige, damit die Biber den Baum nicht fällen. Als mir klar wurde, dass sie hier eingezogen waren, musste ich Abwehrmaßnahmen ergreifen, um zu retten, was zu retten ist. Es ist unglaublich, was sie in einer einzigen Nacht schaffen können."

„Funktioniert das?"

„Nicht so gut, wie ich gehofft hatte. Sie fällen sie schneller, als ich sie einwickeln kann."

Als Sugar näherkam, sah sie, dass in dem überfluteten Teich oberhalb des Damms ein hoher Hügel aus Stöcken und Schlamm lag. „Wohnen die da?", fragte sie und ging darauf zu, um genauer hinzusehen. Sie hatte gelesen, dass Biber in einer Lodge lebten und nicht in ihrem Damm.

„Da würde ich nicht näher rangehen. Sie könnten drin sein und denken, dass du sie bedrohst."

Dann tauchte plötzlich einer der Biber auf! Er tauchte auf und wackelte mit seinen niedlichen kleinen Ohren, die sich wie winzige Haifischflossen im Wasser bewegten, in einem weiten, langsamen Bogen dem Ufer zu. Sein nasser Kopf glänzte im Morgensonnenlicht.

„Schau ihn dir an", gurrte sie und beugte sich vor. Hinter ihr hörte sie, wie Ross ihr sagte, sie solle einen Schritt zurücktreten, doch sie hatte keine Zeit. Im einen Moment war der Biber im Wasser, im nächsten stürzte er sich wie ein wildgewordener Ninja aus dem Wasser auf sie zu!

Sugar schrie und stolperte zurück, als der sehr

wütende, nasse Biber vor ihr landete, kampfbereit – und sie in einer Sprache anzischte, die sie nicht verstand. Mini-Rambo stürmte auf sie zu. Aus diesem Blickwinkel war nichts Süßes an ihm. Er war wie eine überdimensionierte Ratte, die mit gefletschten Zähnen auf sie zukam, und alles, was Sugar denken konnte, als sie stolperte, war: *Das hast du nun davon, aufs Land zu ziehen!*

Alles geschah ganz schnell. Gerade noch war sie ein Biberköder, dann versenkte das kleine Monster seine Zähne in ihren Flip-Flop und verfehlte nur knapp ihre große Zehe, schnappte sich den Schuh, schleuderte ihn beiseite und pirschte weiter auf sie zu. *Du bist so gut wie tot,* dachte Sugar, als sie auf ihre Ellbogen gestützt rückwärts kroch und Ross sie in seine starken Arme schwang.

„Yah!", schrie er und stampfte heftig mit seinem Stiefel auf, und die klirrenden Sporen verstärkten den Effekt. Der Biber erstarrte, kniff die Augen zusammen und entschied dann anscheinend, dass es akzeptabel war, Mädchen in Flip-Flops anzugreifen, doch große, starke Cowboys, die wirklich, wirklich laut brüllten, waren tabu. Was auch immer er dachte, Sugar beschwerte sich nicht. Definitiv nicht. Nicht dieses Mädchen. Ihr Verstand konzentrierte sich ganz auf die Arme, die sie fest umschlungen hielten, und die harte

Brust, an der sie sich festklammerte.

Das war die beste Beinahe-Katastrophe, die sie je erlitten hatte … *Erlitten* war jedoch wohl kaum der richtige Ausdruck. Sie sagte nicht einmal etwas dazu, dass Rambo ihren Flip-Flop mitnahm, als er wieder ins Wasser glitt. Wie konnte sie auch, wenn sie aufblickte, fast Nase an Nase mit Ross, und er ihr in die Augen starrte? Sollte Rambo doch ihren Schuh behalten! Gern auch beide. Die Zeit verlangsamte sich, während ihr Herz wie ein Vorschlaghammer gegen ihre Brust hämmerte. Sie glaubte zu spüren, wie Ross' Herz das Gleiche unter ihrer Handfläche tat, die auf seiner Brust lag.

Das Landleben hatte noch nie so gut ausgesehen. „Das war so ungefähr die dümmste Idee, die ich je gesehen habe", schalt er sie, stapfte vom Damm weg zu seinem Truck und vernichtete effektiv ihr lächerlich romantisches Bild.

„Was?"

„Das war so ziemlich das Dümmste und Leichtsinnigste, was ich je gesehen habe", wiederholte er und ließ sie praktisch neben dem Truck fallen.

„Ich habe dich nicht gebeten, es zu wiederholen", knurrte sie.

„Warum hast du dann gefragt?" Seine Augen waren Schlitze unter dem Schatten seines Hutes.

Sie wedelte vor Empörung und Scham mit den

Händen. Sie wusste, dass jedes Wort, das er sagte, die Wahrheit war. Es war eine dumme Aktion von ihr gewesen, doch nach seinem Ausbruch würde sie das ihm gegenüber niemals zugeben.

„Zu deiner Information, ich war noch nie in der Nähe eines Biberdamms, geschweige denn eines Bibers. Er war süß. Ich wusste nicht, dass er eine *Teenage Mutant Ninja Biber*-Nummer abziehen würde."

Ross blickte sie immer noch finster an, als wäre sie dümmer als die Zaunpfähle, die die Weide säumten, und stieß sich mit einem Fingerknöchel die Hutkrempe aus der Stirn. Seine Augen funkelten, als er sie anstarrte.

Und dann passierte es. Sie hatte ein Bild von dem ganzen Vorfall in ihrem Kopf … und sie fing an zu kichern. *Oh Gott,* dachte sie, als sie es nicht zurückhalten konnte. Sie presste sich eine Hand vor den Mund, doch es half nicht. Es war einfach zu lustig.

Natürlich war es keine große Überraschung, dass er ihr Kichern *nicht* amüsant fand. Seine Augenbrauen senkten sich. Seine Augen wurden finster, und als sich seine Kiefermuskeln anspannten, konnte sie nicht anders, als laut zu lachen.

„Das ist nicht lustig", schnappte er, während seine Lippen zuckten.

„Ja, klar", schnaubte sie, bevor sie wieder vor Lachen prustete. Er sah sie an, als hätte sie den Verstand verloren. Vielleicht hatte sie das, doch sie konnte nicht anders. „Du", brachte sie schließlich heraus, „warst so süß, als du mich gerettet hast–"

„Du hättest verletzt werden können. Er hat dir fast den Zeh abgebissen!"

Sie holte tief Luft und gewann die Kontrolle zurück. „Er hat meinen Lieblings-Flip-Flop geklaut", sagte sie und kicherte erneut. „Hat ihn mit nach Hause genommen, zu der kleinen Missy."

Ross biss sich auf die Lippe. Sie wusste, dass er lachen wollte, und sie drängte darauf, als sie mit den Wimpern klimperte und seufzte: „Du bist mein *Held*."

„Wohl kaum", schmunzelte er.

Sie schüttelte den Kopf, während sie mit dem Finger in seine Richtung wedelte. „Nach dieser Rettung kannst du es nicht leugnen. Ich schulde dir jetzt was."

Er runzelte die Stirn. „Du schuldest mir nichts."

„Oh doch, das tue ich. Weißt du, in manchen Ländern ist derjenige, dem jemand das Leben gerettet hat, dem Retter für immer zu Dank verpflichtet." Sie konnte nicht anders, als ihn zu necken.

„Ich habe dein Leben nicht gerettet", blaffte er und funkelte sie an.

Sie kämpfte gegen ein weiteres Kichern an. Der Mann war zu süß. „Woher willst du das wissen? Ich denke, du hast es getan. Er hätte nicht mit meinem Schuh aufgehört. Diese schreckliche, schreckliche Kreatur hätte mich aufschlitzen können."

„Unsinn! Ich habe dich erwischt, bevor das passierten konnte."

Sie kicherte wieder. „Ich glaube, du bist einfach sehr bescheiden." Sie tippte auf seine Brust. „Ich glaube, du weißt, dass ich da gerade beinahe mein Leben verloren hätte", sagte sie und presste dramatisch ihre Hand auf ihr Herz. Sie wusste, dass sie übertrieb, doch dieser Mann war wirklich bezaubernd. Er schien zu befürchten, dass sie ihm bis in alle Ewigkeit folgen konnte, um ihre Schuld zu begleichen. Sie konnte nicht anders, als sein Unbehagen ein bisschen zu verlängern.

Er ging auf den Truck zu. „Ich bringe dich zurück zu deinem Auto. Hast du nicht zu arbeiten?"

„Um zehn. Es ist erst halb sieben."

„Bist du immer so ein Frühaufsteher?"

„Du meinst, bin ich immer eine Plage? Könnte sein. Schlaf ist überbewertet. Ich schlafe ungefähr fünf Stunden pro Nacht. Ich bin gerade auf Erkundung. Es passt also in meinen Zeitplan, dir jeden Morgen zu folgen, um meine Schuld zu begleichen."

Das brachte ihr einen finsteren Blick ein. Der Cowboy war wirklich großartig. Vielleicht musste sie ihn einfach nur so wütend halten, damit sie es weiter genießen konnte, ihn so wild und aufgebracht zu sehen. Und da sie das einzige Mädchen in einer Familie mit vier Brüdern war, hatte sie das zu einer Kunstform erhoben.

„Steig in den Truck."

Sie verschränkte die Arme. „Nein."

„Sugar, du hast nur einen Schuh. Wie willst du mir helfen? Und dann ist der einzige Schuh, den du hast, auch noch ein Flip-Flop. In Mädchenschuhen kann man hier draußen nicht arbeiten."

Sie lachte. „Dann benutze ich eben die", sie nickte in Richtung der Gummistiefel, die auf den Kopf gestellt und zwischen Kabine und Ladefläche seines Trucks steckten.

„Da versinkst du drin."

„Ich gehe nirgendwohin. Gib mir die Stiefel!"

Er sah wütend genug aus, um Nägel mit der bloßen Hand in eine Wand zu schlagen. „Das funktioniert nicht, weißt du? Ich werde nicht nachgeben und dir meine Scheune überlassen."

Sie streckte eine Hand aus. „Stiefel bitte. Ich muss meinem *Helden* helfen."

„Würdest du damit aufhören?"

„Nein. Ich bin dir was schuldig, und ich pflege meine Schulden immer zu bezahlen, also lass mich dir helfen."

Er runzelte die Stirn und griff nach den Stiefeln. Oh ja, sie hatte gewonnen. Trotzdem lächelte sie unschuldig.

Er senkte sein Kinn auf seine Brust, und sie konnte seinen Schmerz spüren. Und liebte es.

KAPITEL ACHT

Ross blickte auf seine Stiefel, holte tief Luft und atmete dann langsam wieder aus. Er wollte glauben, dass der Gedanke, dass Sugar im Bach landen würde, ihn ganz durcheinandergebracht hatte – und es hatte ihn erschreckt, doch sie in seinen Armen zu halten war das, was ihn immer noch erschütterte.

Er war klar unterlegen, wenn sie dieses Lächeln und diese Grübchen, zusammen mit ihrer amüsanten Schlagfertigkeit, die er am ersten Tag bemerkt hatte, gegen ihn einsetzte.

„Okay, ich bin bereit", sagte sie.

Sie hatte seine sieben Nummern zu großen Stiefel angezogen und stand lächelnd da. Sie hatte viel zu viel Spaß auf seine Kosten.

„Wenn du das sagst", knurrte er und drehte sich zum Truck um. Er konnte sie hinter sich kichern hören und lächelte wider Willen. Er zog seine Handschuhe an und schnallte sich seinen Werkzeuggürtel um, während er die ganze Zeit versuchte zu ignorieren, dass Sugar neben ihn stand und in die Ladefläche seines Trucks spähte.

„Das sieht nach einer Menge Hasendraht aus. Wie viele Bäume willst du damit einwickeln?"

„Ein paar", sagte er, während er die Rolle mit dem verzinkten Hasendraht von der Ladefläche wuchtete. „Pass auf, dass du die Stiefel nicht beim Gehen verlierst", warnte er und ging dann auf einen Baum zu. Sie folgte ihm langsamer.

Er wollte sich einreden, dass ihm ihre Gesellschaft nicht gefiel, doch das wäre gelogen gewesen. Tatsache war, dass sie genau das war, worum er betete. Nicht unbedingt Sugar, aber eine Frau, die es genießen würde, auf die Ranch zu kommen und an seiner Seite zu arbeiten. Natürlich wusste er, dass Sugar ihn nur becircen wollte, um zu bekommen, was sie wollte. Und während das seine Freude dämpfte, war er ein wenig weicher geworden. Nicht, dass er es ihr sagen würde. Er wollte ihr keine falschen Hoffnungen machen. Er würde seine Meinung nicht ändern.

Er ließ den Hasendraht fallen und rollte ein Stück ab, bevor er ihn auf die richtige Länge schnitt, um den Baumstamm damit einzuwickeln. Er hob das Stück auf und ging dann zu dem Baum, wo er am Vortag bereits Pfosten installiert hatte. Er brauchte keine Hilfe und konnte die Motive der verschwörerischen alten Männer leicht erahnen, Sugar davon zu überzeugen, ihm zu helfen. Doch als er den Hasendraht um den Baum wickelte, beschloss er, das Spiel mitzuspielen.

„Kannst du die beiden Enden für mich zusammenhalten?", bat er.

„Klar", sagte sie und kam näher.

Er erkannte sofort, dass es doch keine so gute Idee war. Mann, die Frau roch großartig. „Also sag mir, warum du Schauspielerin werden willst", platzte er heraus und brauchte etwas, das ihn daran erinnerte, warum es nicht klug war, sie zu nahekommen zu lassen. „Es ist ein hartes Leben."

Er nahm die kurzen, vorgeschnittenen Drahtstücke von seinem Gürtel und eine Spitzzange und schwor sich, dass er, egal was heute Morgen passierte, seine Meinung nicht ändern würde. Er musste einen klaren Kopf behalten, was Sugar Ray Lenox betraf.

Sugar versuchte, sich auf Ross' Frage zu konzentrieren, doch es fiel ihr schwer. Es war nicht zu leugnen, dass sie sich zu ihm hingezogen fühlte. Sie konnte nicht anders. Doch sie holte tief Luft und schwor sich, ihr Ziel im Auge zu behalten: sich mit ihm anzufreunden und zu beten, dass Gott Ross' Meinung über sie änderte. Denn darin lag ihre Hoffnung. Sie konnte nur sie selbst sein.

Natürlich kannte sie seine Frage. Sie war so oft danach gefragt worden, dass sie manchmal ein bisschen genervt reagierte. Aber nicht heute.

„Die Leute sehen mich an, als ob ich verrückt wäre, etwas so sehr zu wollen. Etwas, das so weit hergeholt ist. Aber ich fühle es hier drin." Sie legte ihre Hand auf ihr Herz und berührte dann ihre Schläfe. „Und hier. Es ist nicht nur eine Laune. Ich habe mich dafür entschieden, wohl wissend, dass die Chancen gegen mich standen. Wissend, dass der durchschnittliche Schauspieler unter dem Mindestlohn verdient und tatsächlich einen Zweitjob braucht, um die Miete zu bezahlen … Aber trotzdem musste ich es tun."

Seine Mundwinkel hoben sich, doch er sagte nichts und nickte nur. Fast, als könnte er verstehen, was sie dazu brachte, weitervorzupreschen, um ihm zu helfen, sie zu verstehen. Im Verstehen lag Hoffnung.

„Ich höre zu. Sprich weiter", sagte er.

„Ich kann es nicht wirklich erklären. Meine Eltern …" Sie holte tief Luft. „Weißt du, ich habe dir gesagt, ich würde dir die Geschichte hinter meinem Namen erzählen? Nun, wenn du Zeit hast, kann ich sie dir jetzt erzählen."

„Ich habe alle Zeit der Welt und bin sehr interessiert. Aber ich möchte immer noch den Rest der Geschichte darüber hören, was dich antreibt, Schauspielerin zu werden."

„Das wirst du. In gewisser Weise ist alles miteinander verflochten."

Er hielt inne, um sie anzulächeln. „Dann leg los. Ich bin ganz Ohr."

Normalerweise erzählte sie die Kurzversion ihrer Geschichte. Da er aber schon Einiges über sie gehört hatte, beschloss sie, offen zu sein. Und natürlich ging es darum, eine Freundschaft aufzubauen. Das bedeutete, sich zu öffnen und zu reden. Was konnte das schon schaden?

„Also, ich bin zu früh zur Welt gekommen und hatte keine große Überlebenschance. Sugar Ray Leonard war zu dieser Zeit in Hochform, und die ganze Welt hat ihn angefeuert ... wegen der Ähnlichkeit unserer Nachnamen haben meine Eltern angefangen, mich Sugar, ihre kleine Kämpferin, zu nennen. Ursprünglich sollte ich Amanda Marie Lenox sein. Sehe ich aus wie eine Amanda Marie?"

Er lachte und schüttelte den Kopf. „Du siehst aus wie Sugar Ray."

„Das stimmt, das tue ich", nickte sie. „Nichts gegen die Namen Amanda oder Marie, ich bin einfach Sugar

Ray. Vielleicht habe ich eine Vorliebe für meinen Namen, weil so viele Leute ihn ausgesprochen haben, bevor ich drei Pfund gewogen habe. Aber meine Mutter sagt, jeder im Krankenhaus wusste, dass Sugar Ray das kleine Baby im vierten Stock ist, das um sein Leben kämpft. Und sie alle haben mich angefeuert und für mich gebetet. Ich habe immer noch ein paar der Plakate zu Hause, die das Pflegepersonal gemacht hat, auf denen steht: „Komm schon, Sugar Ray, du schaffst das!" Meine Eltern lieben es, diese Geschichte zu erzählen, und wie die Krankenschwestern mir jeden Tag zugeredet haben, und alle Leute, die an der Frühchen-Station vorbeigingen. Und damit fing sie an … diese Suche. Was für mich als Affirmation begann – kämpfen zu wollen, wie sie mir gesagt haben – wurde in meiner Kindheit zu meinem Motto. Ich habe als Kämpfer fürs Überleben angefangen. Seitdem überlebe ich. Ich hatte verschiedene Komplikationen, die durch unzählige Operationen behoben werden mussten, als ich älter wurde. Das bedeutete, dass ich viel Zeit damit verbracht habe, mich davon zu erholen, und zu Hause vor dem Fernseher zu liegen."

Nachdem er den Draht gebunden hatte, schenkte Ross ihr seine volle Aufmerksamkeit. „Ich glaube, ich verstehe. Sie haben dir geholfen", sagte er mit nachdenklicher Stimme.

Er verstand. Sugars Kehle zog sich zusammen, doch sie kämpfte gegen den Drang zu weinen an. Sie wollte sein Mitleid immer noch nicht. „Ja", sagte sie. „All diese Stars haben ein gelangweiltes kleines Mädchen in eine wunderschöne Welt der Fantasie geführt. Ich kann mich nicht einmal daran erinnern, wann ich zum ersten Mal gesagt habe: ‚Ich werde ein Star.' Es war einfach da, in meinem Kopf und in meinem Herzen, als ob es da sein sollte. Meine Eltern und meine vier Brüder haben mich alle unterstützt, als ich klein war. Ich wusste nicht, dass sie dachten, der Traum würde irgendwann langweilig werden, und ich würde mich entscheiden, was ich wirklich mit meinem Leben anfangen wollte. Doch als ich mich in der Highschool dem Theaterclub und dem Chor angeschlossen und meinen Eltern dann gesagt habe, dass ich am College Theater als Hauptfach studieren wollte, haben sie einen Rückzieher gemacht."

Sie hielt inne, und Ross sah sie aufmunternd an. „Ich habe die beste Familie der Welt, versteh mich nicht falsch, aber ich bin das kleine Mädchen, die kleine Schwester, die so viel durchgemacht hat. Sie wollten einfach nicht, dass ich in etwas mit einer so hohen Versagensquote gehe. Sie haben versucht und versuchen immer noch, mich zu beschützen."

„Das kann ich verstehen", sagte Ross und machte

keine Anstalten, Draht für einen anderen Baum zu schneiden. Stattdessen verschränkte er die Arme und fragte: „Also unterstützen sie deinen Traum immer noch nicht?"

Es überraschte sie, dass es immer noch so wehtat. Sie wandte den Blick ab, in Richtung der überfluteten Weide. „Sie tun so, als ob. Doch tief im Inneren verstehen sie es nicht, und es wäre ihnen am liebsten, wenn ich einfach nach Hause kommen würde." Sie begegnete seinem aufmerksamen Blick. „Sie haben mich dazu erzogen, zu glauben, dass ich alles tun kann, wenn ich es mir nur in den Kopf setze … doch ohne es selbst zu sehen, haben sie diese Träume in eine schöne, ordentliche Schachtel verpackt. Ich sollte erwachsen werden und andere Träume haben, schöne, sichere Träume."

Ross hob eine dunkle Braue. „Aber du gehst nicht den sicheren Weg zu irgendetwas. Du bist Sugar Ray."

Sie lächelte und fühlte sich im Herzen leichter. „Ich versuche es. Aber so denke ich nicht wirklich. Ich weiß nur, dass ich das tun soll. Gott hat einen Plan für mich, das weiß ich. Ich komme einfach nicht dorthin."

Sie ging nicht darauf ein, dass sie dachte, dass Gott manchmal mit ihr spielte. Dass es sich anfühlte, als ob er ihr eine Karotte hinhielt und zusah, wie sie litt, während sie versuchte, sie zu erreichen. Das klang zu negativ, und sie wollte diesem Gefühl nicht nachgeben.

„Scheitern ist für mich keine Option. Ich glaube, ich *soll* Schauspielerin werden. Und ich weiß, dass manche Leute das für eine so leichtfertige Karriere halten. Aber wenn Gott dir ein Lied ins Herz legt, dann glaube ich, dass du dieses Lied singen solltest. Dieses Lied war von Anfang an in meinem Herzen – wie kann ich einfach aufhören zu singen? Wie von etwas weggehen, das ein Teil von mir ist?"

Sie hatte nicht vorgehabt, das Gespräch so tief zu treiben. Die Wahrheit war, dass sie noch nie zuvor so viel von sich mit jemandem geteilt hatte, und es erschreckte sie ein wenig. Doch sie konnte es nicht verhindern.

„Es scheint mir nicht zu gelingen. Ich verstehe nicht wirklich, wie es passiert, aber so ist es. Mule Hollow ist mein Schuss ins Blaue. Ich war viele, viele Male so kurz davor, es zu schaffen, doch immer war ich nur die Zweite. Jetzt fängt sogar mein Agent an zu glauben, dass er vielleicht einen Fehler gemacht hat und ich nicht so besonders bin, wie er dachte. Es gibt nicht viele Städte, über die eine preisgekrönte Kolumnistin wöchentliche Kolumnen schreibt. Wegen Molly und der Publicity, von der ich dachte, dass sie sie mir einbringen könnte, hatte ich das Gefühl, dass hier mein Traum endlich wahr werden kann. Ich meine, wie groß ist die

Wahrscheinlichkeit, dass meine beste Freundin hierherzieht und meine Hilfe gerade zu dem Zeitpunkt braucht, an dem ich an meinem Tiefpunkt angekommen bin? Oder dass ich, als Haley mich wegen des Jobs angerufen hat, gerade meinen Kummer mit einer Zweiliterpackung Eis heruntergeschluckt habe, während ich Paul Newmans Biografie angesehen habe, in der er davon gesprochen hat, dass er bei einem Auftritt im Sommertheater entdeckt worden ist?"

Ross lächelte nicht, nickte nur mit dem Kopf. „Vorsehung", erklärte Sugar. „Das ist es. Und deshalb bin ich hier. Ich muss nur Eindruck machen, großartige Publicity, dann ist alles möglich."

„Was, wenn es dir nicht gelingt?"

Ihr Herz zog sich bei der Frage zusammen. Das war das gleiche alte Lied. Doch sie ließ keine Angst mehr in ihrem Kopf. „Ich habe dir gesagt, Versagen ist keine Option."

Gib den Traum auf! Der Satz hallte in ihren Gedanken wider, und sie biss die Zähne zusammen. Unterdessen beobachtete Ross sie, als ob er seine Worte abwägen und sorgfältig auswählen würde, was er sagen wollte. Sie kannte den Blick und bereitete sich auf die übliche Versicherung vor, dass ein Scheitern nicht nur eine Option, sondern eine Wahrscheinlichkeit war. Curtis, ihr ältester Bruder, war Anwalt, und er hatte diese Terminologie verwendet. Sie mochte es nicht, obwohl er es freundlich und frustriert gesagt hatte. Mit Liebe.

Doch Liebe bedeutete auch, jemanden gehen zu lassen, nicht wahr? Und das hatten sie am Ende getan, weil sie ihnen keine Wahl gelassen hatte.

„Erfolg ist relativ", sagte Ross. „Der Erfolg des einen ist das Versagen des anderen. Niemand kann die Träume eines anderen wirklich beurteilen. Ich glaube, man muss seinen eigenen Weg gehen … egal was passiert. Es dauerte eine Weile, bis ich das erkannt habe. Ich kenne ein paar Schauspieler und einige großartige Musiker, die in Branson ein schönes, stabiles Leben führen. Sie haben es geschafft, erfolgreiche Karrieren aufzubauen und sind dort als Hauptattraktionen ihrer jeweiligen Shows berühmt. Es gibt Einige, die denken, sie hätten sich mit weniger zufriedengegeben, dass sie versagt haben, weil sie es nicht in Hollywood oder Nashville geschafft haben. Was denkst du darüber?"

„Wenn das ihr Traum ist, dann ist das wunderbar. Ich sehe daran nichts Falsches. Aber das ist nicht mein Traum. Ich sehe mehr. Ich weiß, das klingt arrogant, vielleicht töricht."

Sie war erschüttert, dass sie so viel über sich preisgegeben hatte. So viel von sich selbst Ross gegenüber bloßgelegt, der praktisch ein Fremder war.

„Wer sagt, dass dein Traum dumm ist? Wer sagt, dass du es nicht schaffst? Ich kenne dich erst seit kurzer Zeit, und ehrlich gesagt kann ich nicht verstehen, warum die Castingagenten in Hollywood dich nicht schon gepackt und ins Kino gebracht haben. Du bist wunderschön, und du hast eine elektrische Energie, bei der ich mir nicht vorstellen kann, dass du sie nicht umhauen würdest. Und du hast den Tatendrang von zwanzig Leuten."

Sugars Herz donnerte in ihrer Brust wie eine entlaufene Herde von Longhorns. „Wow! Danke!", sagte sie.

Sein linker Mundwinkel hob sich. „Du dachtest, du wüsstest, wie ich ticke, nicht wahr?"

Sie dachte nicht, dass sie ihn jemals ganz verstehen würde. „Wenn ich ehrlich bin, hast du mich von Anfang an verwirrt", sagte sie und brachte ihn zum Lachen. Doch es war wahr. Sie verstand ihn nicht. Aber sie wusste plötzlich, dass sie ihn gerne verstehen würde. Das war gefährlich für ein Mädchen, das keine Absicht hatte, hier zu bleiben, kein Interesse daran, eine Bindung zu diesem Ort aufzubauen.

„Komm. Ich bringe dich besser zu deinem Auto zurück, damit du zu deinem richtigen Job gehen kannst."

Er legte die Hand unter ihren Ellbogen und führte

sie zum Truck. Das Gefühl seiner Hand, sicher und stark auf ihrer Haut, machte sie seiner Präsenz neben sich sehr deutlich bewusst. Fast hätte sie sich gewünscht, er würde jeden Tag neben ihr gehen …

Es war kein Gefühl, das sie je zuvor gehabt hatte.

Es war beängstigend, und sie brauchte es nicht.

Sie brauchte seine Scheune. Und nur seine Scheune.

KAPITEL NEUN

Sugar war gerade auf den Gehsteig getreten, als Norma Sue und Adela aus dem *Heavenly Inspirations* Salon kamen.

„Was ist mit deinen Schuhen passiert?", rief Norma Sue und eilte zu ihr.

Sugar wartete darauf, dass sie die Straße überquerten. Sie war barfuß und hoffte, dass sie sich keinen Splitter auf dem rauen Holzgehweg zum Büro eintreten würde. „Ein Biber hat einen meiner Flip-Flops gestohlen, also habe ich den anderen ausgezogen."

Adela legte sich ihre zarte Hand ans Herz. „Ein Biber hat deinen Schuh gestohlen?"

„Einer von *Ross'* Bibern hat deinen Schuh gestohlen?", echote Norma Sue, nur lauter und mit einem breiten Grinsen. „Das sind ein paar launische kleine Biester. Was hast du da draußen gemacht?

Wolltest du nochmal versuchen, Ross dazu überreden, dir seine Scheune zu überlassen?"

„Irgendwie schon. Applegate und Stanley – und auch Sam – haben gesagt, dass Ross Hilfe braucht, also bin ich rausgefahren", sagte Sugar.

„Sie haben *dich* geschickt, um Ross zu helfen?" Norma Sue sah genauso skeptisch aus, wie sie sich anhörte.

Sie war selbst Viehzüchterin, was an ihrer Kleidung mehr als ersichtlich war. Obwohl sie am Sonntag ein Kleid getragen hatte, kannte Sugar sie sonst nur in Jeans. Normalerweise trug sie Latzhosen und Stiefel.

Sugar lächelte sie an. „Sie haben wirklich nur versucht, mir eine Ausrede zu geben, um rauszufahren und ihn zu überreden, mich seine Scheune benutzen zu lassen."

Adela lächelte. „Und hat es funktioniert? Hat er nachgegeben und zugestimmt?"

„Ich habe ihn nicht gefragt."

Norma Sue schüttelte den Kopf. „Was hast du dir nur dabei gedacht, Mädchen?"

„Das ist es einfach – ich habe nicht gedacht." Sie lachte und erzählte ihnen die Geschichte über den Biberangriff: wie Ross wie ein Held herbeigestürzt war und sie hochgehoben und dann den Ninja-Biber verscheucht hatte. „Nachdem er so galant war, konnte ich ihn einfach nicht wieder nerven. Außerdem, wie Adela neulich gesagt hat, wird Gott das für mich regeln. Obwohl ich sagen muss, dass ich langsam ungeduldig werde."

Adela tätschelte ihren Arm. „Du hast die richtige Einstellung. Mach dir keine Sorgen, der Junge wird schon ja sagen. Wir werden ihm ein bisschen Vernunft einflößen."

„Oder ihn so lange nerven, bis er ja sagt", fügte Norma Sue mit einem breiten Grinsen hinzu. „Warte einfach, bis ich Esther Mae davon erzähle. Sie ist gerade babysitten im *Sicheren Hafen* – du weißt schon, dem Frauenhaus –, aber sie wird dein Biber-Abenteuer lieben. Und keine Sorge, der Junge wird zur Besinnung kommen. Warte einfach ab."

Sugar hoffte, dass sie Recht hatten. Sie verabschiedete sich und eilte dann nach oben, um ein neues Paar Schuhe zu holen. Dieser verflixte alte Biber hatte ihren Lieblings-Flipflop gestohlen. Mistvieh. Sie musste immer noch kichern, wenn sie daran dachte, und als sie ein paar Minuten später das Büro betrat, lief die Szene immer noch in ihrem Kopf ab. Es wäre tatsächlich eine lustige Szene für ein Theaterstück.

Apropos Theaterstück! Sie setzte sich und schaltete ihren Computer ein. Sie musste sich um das Immobiliengeschäft kümmern. Die Aktualisierung der wöchentlichen Anzeigen für die Gebietszeitungen war heute ihre Priorität. Doch dann konnte sie die Theaterstücke lesen, die ihr Agent ihr per E-Mail geschickt hatte.

Sie musste etwas finden, und zwar bald. Sie war jetzt seit einer Woche in Mule Hollow und hatte nichts erreicht. Sie musste das richtige Stück finden, um bereit zu sein, wenn Ross endlich ja sagte, wofür sie jede freie Minute betete.

Die Biberszene tauchte den ganzen Tag immer wieder in ihrem Kopf auf. Und als sie an diesem Nachmittag anfing, Theaterstücke zu lesen, störte die alberne Biberszene ihre Konzentration.

Gegen acht Uhr abends war sie wirklich frustriert. Es war nicht nur die dumme Biberbegegnung, die sie ablenkte. Jetzt schwirrten in ihrem Kopf eine ganze Reihe von Gedanken herum, die sie anflehten, sie aufzuschreiben. Sie gab das Lesen auf und ging nach oben. Das war lächerlich. Sie war Schauspielerin, nicht Schriftstellerin. Das war ihr noch nie zuvor in den Sinn gekommen. Doch jetzt, wo es so war, würde sie es vielleicht versuchen. An diesem Punkt würde sie allem eine Chance geben, was zum Erfolg führen konnte.

Am Sonntagmorgen machte Sugars Herz fast einen Sprung, als sie Ross den Flur des Sonntagsschulflügels betreten sah. Er hatte die Stunde in der Woche zuvor nicht besucht, also hatte sie ihn jetzt nicht erwartet. Doch sie war froh, ihn dort zu sehen. Die ganze Woche lang hatte sie gehofft, er würde anrufen und ihr sagen, dass er seine Meinung geändert hatte. Doch das hatte er nicht getan. Natürlich wusste sie, dass er wie viele der Viehzüchter versucht hatte, das Heu zu ernten, bevor es gestern geregnet hatte. Trotzdem hatte sie sich gewünscht, dass er anrufen würde.

Heute war sie müde. Sie hatte sich bemüht, das perfekte Skript zu finden, doch nichts schien richtig zu sein. Außerdem war sie immer noch von den Ideen in ihrem Kopf abgelenkt und versuchte, sie aufzuschreiben. Sie hatten sich noch nicht ganz zusammengefügt und waren mehr als ein bisschen einschüchternd … doch immerhin hatten sie ihr gezeigt, welche Art von Stück sie produzieren wollte. Das allein war ein dringend benötigter Schub gewesen.

Der Anblick von Ross, der auf sie zukam, wischte ihre schlechte Stimmung weg. Ihr Herz pochte gegen ihre Rippen, und sie wusste, dass sie wie ein Idiot grinste.

„Hallo, Fremder!", rief sie und spürte ein Versprechen in der Luft. „Wie geht's unseren Bibern?"

„Beschäftigt wie immer. Aber ich denke, sie fangen an, den Bach hinunter weiterzuziehen. Ich habe die meisten Bäume eingezäunt und ein Gerät installiert, das den Wasserfluss ändert, also sieht es langsam besser aus."

Sugar wollte ihn gerade fragen, ob er ihren Flip-Flop gefunden hatte, als seine Landbesetzer weitergezogen waren, doch sie bekam keine Gelegenheit, denn Esther Mae und Norma Sue entdeckten sie und stürmten den Flur entlang.

Esther Mae zog sie in eine Umarmung, und ihr abscheulicher Hut, dessen lila Federn ihre Nase kitzelten, ließ Sugar niesen.

„Ross Denton, Schande über dich", sagte sie, als sie zurücktrat und Sugar Raum zum Atmen gab, während sie Ross finster anstarrte. „Dieses Mädchen hätte einen Zeh verlieren können, als es von diesem tollwütigen Biber auf deinem Grundstück angegriffen worden ist! Und das alles nur, weil du so stur bist."

Sugar war von ihrem Ausbruch so überrascht, dass sie lachen musste. Ross jedoch sah aus, als würde er am liebsten davonlaufen. Norma Sue trat zur Seite und schnitt ihm damit effektiv den Fluchtweg ab.

„Der ganze Unsinn muss aufhören", blaffte sie und warf ihm einen strengen, missbilligenden Blick zu. „Du musst ihr erlauben, deine Scheune zu benutzen, und du musst es jetzt tun! Hier helfen wir uns gegenseitig. Dieses arme Mädchen hat fast eine Gliedmaße verloren, als es rausgekommen ist, um dir mit deinem Biberproblem zu helfen. Jetzt musst du dich revanchieren."

Norma Sue kochte! Ihr stieg förmlich der Dampf aus den Ohren.

Und Esther Mae auch. „Das stimmt", sagte sie und nickte so heftig, dass ihre lila Federn wippten. Sie zeigte auf Sugar. „Schau dir nur dieses schöne Mädchen an. Sie will mit ein bisschen Unterhaltung allen ein Lächeln ins Leben zaubern, und du machst es ihr unnötig schwer. Willst du sie nicht für uns singen und spielen sehen? Du enthältst uns allen etwas Gutes vor, Ross Denton."

Sugar musste sich auf die Lippen beißen, um das Lächeln zu verbergen. Ross war jedoch alles andere als amüsiert. Verärgert – oh ja, das war er.

„Meine Damen, ich denke, das ist eine Sache zwischen Sugar und mir."

Nicht gut zu sagen. Norma Sue kniff die Augen zusammen und trat auf ihn zu. Er war über eins achtzig groß mit schlanken, harten Muskeln, und Norma Sue war gut zwei Kopf kleiner und kugelrund. Als sie ihren Finger in seine Brust bohrte, musste sie ihren Hals strecken, um seinem erschrockenen Blick zu begegnen. „Du bist nicht lustig, Mister. Diese Scheune vergammelt da draußen, obwohl *sie* –" ihr Blick schoss in Sugars Richtung, „– sie sinnvoll nutzen will."

Zwischenzeitlich hatte sich der Flur mit Menschen gefüllt. Einige gingen um ihre Gruppe herum. Einige, meist Cowboys, beobachteten Ross' missliche Lage mit Interesse und fanden sie offensichtlich unterhaltsam.

Ross war nicht so amüsiert – er war wirklich süß, mit finsterer Miene und ein bisschen jämmerlich dreinblickend, entschied Sugar.

„Jetzt hör mir zu, Norma Sue, ich diskutiere das hier nicht. Es ist *meine* Scheune. Sie kann im Gemeindezentrum ihr Ding machen und dann nach Hollywood zurückgehen, wo sie hingehört."

Wow, das klang brutal. So viel zu Fortschritten mit ihm! Sugar begegnete seinem Blick und zog eine Augenbraue hoch, ein Gesichtsausdruck, den sie lange geübt hatte. Um ihrer Kunst und der Kamera willen, in Szenen, die einen Ausdruck von Missbilligung erfordern würden, hatte sie Stunden vor dem Spiegel verbracht und geübt. Jetzt war sie sehr froh darüber und wusste genau, was er sah.

Er wirkte überhaupt nicht eingeschüchtert. Im Gegenteil, er schüttelte den Kopf, entschuldigte sich, und anstatt um Norma Sue herumzugehen, machte er auf dem Absatz kehrt, ging den Flur hinunter und zur Tür hinaus.

Das störte Sugar, doch Norma Sue sah sie mit einem verschlagenen, zufriedenen Lächeln an. „Da. Das sollte reichen", sagte sie, und dann eilte sie mit der ebenso zufriedenen Esther Mae davon.

Sie hatten dem armen Ross eine Falle gestellt!

Sugar hatte diese täuschend unschuldig aussehenden Damen ernsthaft unterschätzt.

Junge, es war schön, sie auf ihrer Seite zu wissen. Armer Ross.

Dann dachten die Frauen also, sie könnten ihn manipulieren!

Ross stürmte auf die Wiese vor der Kirche hinaus, immer noch kochend vor Wut. Fast alle waren drinnen und ließen sich in den Klassenzimmern nieder, und er war dankbar, dass ihn niemand sonst belästigte, als er den Gehsteig hinunter zum Parkplatz ging. Er war gerade um die Ecke der Kirche gebogen, als er Pastor Allen beinahe umgerannt hätte.

„Ross", sagte er. „Stimmt was nicht?"

„Ja, Sir, in der Tat", sagte Ross ehrlich. „Entschuldigen Sie, aber heute ist einfach kein Tag, an dem ich in der Kirche sein muss." Er wollte weitergehen, doch der Prediger legte ihm die Hand auf den Arm.

„Ich würde sagen, dass heute tatsächlich der Tag ist, an dem Sie in der Kirche sein *müssen*. Wie wäre es, wenn Sie und ich in mein Büro gehen und darüber reden? Ich habe noch eine Dreiviertelstunde Zeit, bevor der Gottesdienst beginnt, und für mich sieht es so aus, als hätte mir der liebe Gott gerade einen Termin gegeben." Er lächelte, und seine Augen leuchteten ermutigend.

Ross hatte den engagierten Prediger immer respektiert. Als er den Job vor ein paar Jahren angetreten hatte, hatte er sich bereits auf einem Stück Land etwa achtzig Kilometer nördlich der Stadt zur Ruhe gesetzt. Doch weil Mule Hollow einen Prediger brauchte und keiner längere Zeit bleiben wollte, war er gekommen und hatte Gottesdienste gehalten, wann immer er gebraucht wurde. Schließlich hatte die Kirche aufgehört, nach einem Pastor zu suchen, und ihn gebeten, die Stelle Vollzeit zu übernehmen. Er hatte es getan und war weiter gependelt. Um den Gesundheitszustand seiner Frau war es nicht gut bestellt, und sie musste in der Nähe ihrer Ärzte sein, darum konnten sie nicht umziehen. Ross hatte großen Respekt vor Pastor Allen dafür, dass er einen Teil seines Ruhestands für ihre Gemeinde aufgegeben hatte, obwohl er offensichtlich selbst schon genug Probleme hatte.

Doch Ross hatte nie wirklich viel Zeit im Büro des Pastors verbracht, weil er mit seinen Problemen in der Regel nicht zum Prediger gelaufen war. Er dachte, der

Mann hatte genug um die Ohren. Heute jedoch musste Ross mit jemandem sprechen.

„Dafür wäre ich Ihnen dankbar", sagte er und folgte Pastor Allen um die Seite des Nebengebäudes herum zum Eingang zu den Büros.

Er fühlte sich unwohl und ließ sich auf einen der Stühle vor dem Schreibtisch fallen, während der Prediger um den Tisch herumging und seinen Platz einnahm. „Also, erzählen Sie mir von Ihrem Problem. Hat es mit der netten jungen Lady zu tun, die Ihre Scheune für eine Show nutzen will?"

Ross lachte überrascht. „Jawohl. Genau das ist mein Problem. Ich würde ihr helfen, wenn ich glauben würde, dass sie hierbleiben wird, doch das wird sie nicht. Und ich kann niemanden dazu bringen, das zu sehen. Es ist nicht so, dass ich nichts für sie empfinde, denn das tue ich. Ich meine, sie irritiert mich, verstehen Sie mich nicht falsch. Die Frau geht mir unter die Haut und macht mich wahnsinnig." Er hielt abrupt inne und erinnerte sich daran, dass er mit dem Prediger sprach, der sicher nicht hören wollte, dass Ross nicht aufhören konnte, an Sugar zu denken. Doch Pastor Allen legte die Hände auf seinem Schreibtisch zusammen und lächelte.

„Erzählen Sie weiter", drängte er. „Für mich hört sich das so an, als müssten Sie sich das alles von der Seele reden."

Junge, war das eine Untertreibung. „Fakt ist, ich

möchte auch nicht wieder ins Unterhaltungsgeschäft zurück. Ich möchte nicht, dass etwas meine Energie von meiner Ranch ablenkt. Vielleicht ist das egoistisch, aber so fühle ich mich." Er fügte nicht hinzu, dass Sugar ihm Angst machte, weil sie ihn dazu brachte, genau das zu tun.

„Aber trotzdem fühlen Sie sich schuldig."

„Wie haben Sie das erraten?"

„Sie wären nicht so aufgewühlt, wenn es Ihnen egal wäre. Und weil es Ihnen nicht egal ist, fühlen Sie sich schuldig."

Ross nickte. „Ich habe dieses Leben aufgegeben. Ich hatte nicht geplant, dass es mir hierher folgt. Es fällt mir nicht leicht, nein zu sagen, auch wenn ich Mitgefühl für sie empfinde. Sie glaubt wirklich, dass das Teil von Gottes Plan für ihr Leben ist. Es bringt mich in eine sehr schlechte Position, weil ich weiß, wie ich ihr helfen könnte. Doch ich will einfach nicht, dass sich mein Leben wieder um eine Show dreht. Das ist nicht mein Traum."

Der Pastor legte die Fingerspitzen aneinander und stützte sein Kinn darauf, während er nachdachte. Einen Augenblick später ließ er die Hände sinken und begegnete Ross' offenem Blick. „Ich denke, Sie sollten es aus einem anderen Blickwinkel betrachten. Haben Sie den Wunsch, sich vom Herrn als Werkzeug benutzen zu lassen?"

„Ja."

„Sie sagen das, aber lassen Sie mich eines fragen. Wollen Sie, dass der Herr Sie benutzt, wie *er* es für richtig hält oder wie *Sie* es für richtig halten?"

Das tat weh, und Ross gefiel es nicht. Er hatte sein Leben geplant. Er hatte eine Ranch, würde eine wunderbare Frau heiraten und ein paar Kinder mit ihr großziehen. Dafür könnte Gott ihn gebrauchen.

„Ich kann Ihnen nicht sagen, was Sie tun sollen", fuhr der Pastor fort, „doch ich würde gerne mit Ihnen beten, und dann schlage ich vor, dass Sie einige Zeit darüber nachdenken. Man weiß nie, welche Segnungen der Herr für einen bereithält, wenn man bereit ist, seinem Ruf zu folgen. Aber noch wichtiger ist, dass man nie weiß, wem man selbst ein Segen sein wird, indem man dessen Bedürfnisse über seine eigenen stellt."

Ross schämte sich, besonders angesichts der Tatsache, dass das von einem Mann kam, der eine ganze Gemeinde gesegnet hatte, indem er einen Teil seines Ruhestands aufgab, um ihnen sonntags zu dienen. Er sah an die Decke und stieß einen langen, frustrierten Seufzer aus. Konnte er das tun? Gott warf ihm einen Curveball zu, mit dem er nicht gerechnet hatte …

„Wissen Sie, eines *kann* ich Ihnen sagen", sagte Pastor Allen. „Ich glaube, Gott hat Ihnen ein Talent geschenkt. Was wäre, wenn diese zwanzig Jahre, die Sie in Branson aufgetreten sind, wirklich nur Ihre Vorbereitung auf den wahren Grund waren, warum er Ihnen dieses Geschenk gegeben hat?"

Ross setzte sich aufrecht hin. „Mein Großvater hat immer etwas Ähnliches gesagt." Er holte tief Luft und stand auf. Er brauchte mehr Zeit zum Nachdenken. „Danke!", sagte er und streckte seine Hand aus.

Pastor Allen stand auf und nahm seine Hand mit festem Griff. „Lassen Sie uns beten, bevor Sie gehen. Und warum bleiben Sie dann nicht auch noch für den Gottesdienst hier?"

Sugar war überrascht, Ross in der Kirche sitzen zu sehen, als der Gottesdienst begann. Sie hatte befürchtet, er wäre nach Norma Sues und Esther Maes Überfall gegangen, und sie hatte während der gesamten Sonntagsschule ein schlechtes Gewissen gehabt. Als sie ihn wie in der Woche zuvor auf der anderen Seite der Kirche sitzen sah, wollte sie hingehen und sich entschuldigen. Doch sie wusste nicht, ob sie willkommen sein würde, also setzte sie sich wieder neben Molly.

Sugar war müde. Und jedes Mal, wenn sie auf Ross' Rücken blickte, spürte sie das Brennen der

Schuldgefühle. Sie betete während des Gottesdienstes, dass Gott sie führen möge. Es war ein unbehagliches Gebet.

In der Predigt ging es darum, den eigenen Willen für Gottes Willen aufzugeben, alles Gott zu geben. Nun, sie versuchte es. Ihr ganzes Leben lang hatte sie so hart gearbeitet, um diesen Traum zu erfüllen, den sie hatte, diesen Zweck, zu dem Gott sie berufen hatte. Und es war nicht einfach, besonders, wenn sie das Gefühl hatte, dass *Er* nicht viel tat, um ihr zu helfen.

Als das letzte Lied verklungen war, ließ sie den Blick über die Menge schweifen und war überrascht, als Ross auf sie zukam.

Seine schönen smaragdgrünen Augen waren nicht glücklich, und das war besorgniserregend. Sollte ihr Traum jemand anderen so unglücklich machen? Sie verabschiedete sich von Molly und ein paar anderen um sie herum und wartete darauf, dass er zu ihr kam. Ihr Magen fühlte sich an wie Blei, während sie auf die unvermeidliche Konfrontation wartete.

Er blieb im Gang stehen, hielt seinen Stetson mit beiden Händen, den Rücken gerade. „Würdest du mit mir zu Mittag essen?"

Es war das Letzte, was sie von ihm erwartet hatte. Sie starrte zu ihm auf und sagte das Einzige, was ihr in den Sinn kam. „Okay."

KAPITEL ZEHN

Ross' Haus war hübsch, älter, mit einem gepflegten Garten und einer schönen Terrasse aus Sandstein und Granit. Sie hatte ein lebhaftes Bild von gemütlichen Zusammenkünften mit Freunden, als sie ihm über die Terrasse und in die Küche folgte.

Er hielt ihr die Tür auf, und sie war nervös, als sie an ihm vorbei streifte. Er hatte sie zum Mittagessen eingeladen, hatte gesagt, sie müssten reden, und sie hatte zugestimmt, in der Hoffnung, das sei ein gutes Zeichen.

Seine Küche war geräumig, mit Holzböden und Möbeln aus Walnussholz. „Du hast ein schönes Haus", sagte sie und wünschte sich, ihr Innerstes würde sich nicht jedes Mal so verdreht anfühlen, wenn sie ihn ansah.

„Danke, ich habe ein bisschen daran gearbeitet."

„Du hast das selbst gemacht?", fragte sie überrascht.

Ross sah nicht aus wie Mr. Fixit.

„Sei nicht so überrascht. Cowboys benutzen in der Regel gerne Werkzeuge", sagte er, und die Spannung zwischen ihnen schien ein wenig nachzulassen. Er lächelte sie an. „Clint Matlock und ich haben einen kleinen Wettstreit. Wir versuchen, uns gegenseitig zu übertreffen."

Sugar sah die Küche mit neuen Augen an. „Wow, ich bin beeindruckt. Jedes Mal, wenn ich denke, dass ich weiß, wie du tickst, beweist du mir, dass ich nichts weiß."

„Bei dir geht's mir genauso." Er hielt ihrem Blick mit ernsten Augen stand.

Dieser Blick ließ Sugars Herz einen Sprung machen, und die kleine Entspannung, die sie vor Sekunden gespürt hatte, war sofort verschwunden.

Er wandte sich dem Spülbecken zu. „Fühl dich wie zu Hause. Sind Steaks okay für dich?"

„Ich liebe Steaks." Ihre Stimme klang seltsam, zu hoch. „Aber ein Sandwich würde mir auch reichen, wenn du willst. Dann wärst du mich schneller wieder los."

Er lachte, und sie brach vor Erleichterung fast zusammen. „Ich meine es ernst", sagte sie und sah ihm dabei zu, wie er sich die Hände wusch. Der Mann hatte wirklich schöne Hände, starke Arme. Sie erinnerte sich daran, wie sie sich um sie gewickelt angefühlt hatten, als er sie am Biberdamm gerettet hatte … Okay, also sollte sie vielleicht nicht an diese starken Arme denken.

Er sah sie direkt an. „Du bekommst Steak."

Wie konnte ein Mann, der ihr sagte, er würde ihr Steak braten, sie so erfreuen? Sie lächelte ihn an. „Okay. Aber gib mir was zu tun. Wie kann ich dir helfen? Und übrigens", fügte sie hinzu und fühlte sich, als müsse es gesagt werden, „ich habe Norma Sue und Esther Mae heute Morgen nicht angestiftet."

Ein schrecklicher Gedanke kam ihr. Vielleicht hatte er sie zum Essen eingeladen, um den Schlag abzumildern, wenn er ihr endgültig sagte, dass sie seine Scheune nicht benutzen würde. Wie eine Henkersmahlzeit oder so. Schließlich war er sehr wütend gewesen, nachdem er von den Damen angesprochen worden war.

Er nickte. „Das ist gut zu wissen, aber was hältst du davon, wenn wir jetzt nicht darüber reden?"

„Okay. Ich wollte nur, dass du es weißt. Was kann ich tun?" Wenn er sie nicht eingeladen hatte, um darüber zu sprechen, dann war sie sich nicht sicher, was sie hier taten. Doch seltsamerweise bemerkte sie, dass es ihr nichts ausmachte. Sie war neugierig auf diesen

Mann, und ob es mit seiner Scheune klappte oder nicht, sie wollte diese Zeit haben, um ihn ein wenig besser kennenzulernen.

„Ich bin kein großer Salattyp, also gibt es nichts im Kühlschrank, um einen zu machen. Aber ich habe ein paar Konserven in der Speisekammer, wenn du eine Beilage zu Steak und Kartoffeln aussuchen willst." Er zeigte auf die entsprechende Tür.

„Hört sich gut an", sagte Sugar und ging in diese Richtung, wobei sich die ganze Situation ein wenig surreal anfühlte. Die Speisekammer war ein Raum, ähnlich einem begehbaren Kleiderschrank mit raumhohen Regalen. Im schwachen Licht, das von der Küche hereinfiel, konnte sie sehen, dass eine ganze Seite mit Einweckgläsern beladen war.

„Der Lichtschalter ist links neben der Tür!", rief er.

„Danke!" Sie schaltete das Licht ein und stieß sofort einen leisen Pfiff aus. „Wow! Hast du das alles eingekocht?"

Sie war erstaunt über die Gläser, die mit verschiedenen farbigen Etiketten gekennzeichnet waren. Eine Menge der Gläser schienen Gurken zu sein: mit Dill, sauer, süß, süß-sauer. Es gab auch eingelegte Birnen, eingelegte Paprika, eingelegte … sie musste ganz nah ran, um dieses Etikett zu lesen … Zucchini. Es gab auch eingelegte Kürbisse, eingelegte Karotten,

Relish, Birnen-Relish, Cranberry-Relish, Jalapeño-Relish, Mais-Relish…

Ross' Lachen unterbrach schließlich ihre fassungslose Bestandsaufnahme seiner Einweckgläser. „Wer bist du? Peter Piper?", fragte sie.

„Scheint so. Nicht schlecht, oder? Meine Großmutter in Missouri ist eine echte Einweckkönigin, und die Ladys hier sind es auch. Gurken, Kürbis und Zucchini sind Dinge, von denen Gärtner immer im Überfluss haben, und hier siehst du, wo das alles landet. Wenn du denkst, dass das was ist, solltest du dir meinen Gefrierschrank ansehen."

„Das wirst du nie alles essen. Und wenn du es versuchen würdest, wärst du selbst eingelegt." Sugar nahm ein Glas, das mit „grüne Bohnen, ungesalzen" markiert war, und ein Glas Kürbis und ging zurück in die Küche.

„Das kannst du laut sagen. Meine Großmutter, sie schickt sie einfach trotzdem. Sie will nicht, dass ich verhungere, solange ich hier ohne Frau bin." Er schüttelte den Kopf. „Es macht sie glücklich, doch wenn ich heirate, mache ich Schluss mit der Sache mit den Einweckgläsern. Nimm dir, was du willst, wenn du gehst, und füll deine Speisekammer auf. Auch wenn ich überrascht bin, dass dir die Ladys nicht schon körbeweise davon gebracht haben."

„Vielleicht wollen sie nur euch Cowboys vor dem Verhungern bewahren."

„Kann sein. Um die Wahrheit zu sagen, ich stehe nicht einmal sonderlich auf Eingelegtes."

Sie lachten, und er bereitete die Steaks vor, während sie die Gläser öffnete und anfing, den Inhalt zu erhitzen. Dann gingen sie nach draußen, damit er den Grill anzünden konnte. Sie war nie ein großer Griller gewesen und beobachtete interessiert, wie er das Feuer anzündete. Sie fühlte sich wohler als zuvor, und auch Ross schien sich zu entspannen.

„Also ist deine Großmutter, die dir all das Essen schickt, Teil der Show?"

Er schüttelte den Kopf, als er den Deckel des Grills schloss. „Nein. Sie sagte immer, sie hat das Talent geheiratet. Aber ihr Job ist wichtig. Sie kümmert sich um die Kostüme und leitet das Front Office."

Sugar konnte die Zuneigung in seiner Stimme hören. „Sei mir jetzt nicht böse, aber ehrlich gesagt verstehe ich immer noch nicht, wie du das alles verlassen konntest."

Er lehnte sich an das Geländer der Veranda und hakte den Daumen in die Tasche seiner Jeans. „Manchmal vermisse ich es. Nach so vielen Jahren, die ich auf dieser Bühne verbracht habe, ist das zu erwarten. Als ich vier war, habe ich mit meinem Großvater gesungen. Aber es hat mich einfach nicht mehr befriedigt. Ich wollte was Eigenes. Etwas, das ich selbst aufgebaut habe … Das habe ich von Großvater. Und das ist es für mich. Diese Ranch schafft es entweder oder nicht, und es liegt an mir. Natürlich gibt es den Gott-Faktor in der Gleichung. Er muss mit an Bord sein, und ich glaube, er ist es, aber ich bin bereit, mich anzupassen, wenn er mir einen Curveball zuwirft. Ich hoffe, ich bin am Ziel. Hier fühle ich mich wohl. Eine Frau und Kinder werden den Frieden wahrscheinlich ein bisschen durcheinanderbringen, doch es sollte viel mehr Spaß machen."

Sugar konnte sich das vorstellen.

„Und wenn Gott beschließt, *dir* diesen Curveball zuzuwerfen?", fragte er. „Bist du bereit, dich anzupassen, wenn es bedeutet, dein Glück zu finden?"

Warum hatte sie plötzlich das Gefühl, auf die Probe gestellt zu werden? „Du willst mir also das Gleiche sagen, was mir meine Eltern dauernd sagen. Dass Gott wahrscheinlich nicht daran interessiert ist, dass ich Schauspielerin bin."

„Sagen sie das?"

Sie trat neben ihn ans Geländer der Veranda und betrachtete den Horizont. „Nicht mit so vielen Worten. Doch sie unterstützen meinen Traum eindeutig nicht. Der Traum ist nicht in der sicheren Schachtel, schon vergessen?" Sie konnte ihre Bitterkeit nicht verbergen. „Schauspielern betrachten sie nicht als akzeptablen Job. Für sie spielt es keine Rolle, dass Filme den Menschen stundenlang Freude und Unterhaltung bringen."

„Also gibt es Spannungen zwischen euch?"

Wieder stieß sie einen frustrierten Seufzer aus. Sie hatten bereits darüber gesprochen, und sie hatte Ross mehr erzählt, als sie je jemandem sonst erzählt hatte. „Nein. Sie versuchen, mich zu akzeptieren, aber es sind die kleinen Dinge. Wie, dass sie mich nie besucht haben, als ich in Kalifornien war. Sie sagen immer, dass ich nach Hause kommen soll. Sie warten nur darauf, dass ich scheitere."

Sie hatte ihre Hand auf dem Geländer ruhen lassen, als Ross plötzlich seine darauflegte und ihre sanft drückte. Ihr Magen sackte ins Bodenlose. Obwohl er fast sofort losließ, berührte sie die Aktion zutiefst.

„Vielleicht machen sie sich nur Sorgen um dich." Seine Stimme war weich. „Wie du mir neulich erzählt hast, hast du dich für ein Berufsfeld mit einer hohen Ausfallrate entschieden, das voll intensivem Stress und ständiger Kämpfe ist. Die Belohnungen können an einem Tag großartig sein und am nächsten sind sie wieder weg. Deine Eltern sehen in den Boulevardzeitungen, was mit Stars passiert. Ich bin sicher, das macht es ihnen nicht leichter. Es ist nicht dasselbe, wie wenn du Lehrerin oder Ärztin geworden wärst."

Sie fühlte Schmerz tief in ihrer Seele. „Ja, ich verstehe das. Ich wünschte nur, sie würden an mich glauben."

„Lass mich des Teufels Advokat spielen, aber haben sie vielleicht einfach Angst um dich?"

Sie schnaubte. „So, wie es gerade läuft, habe ich selbst Angst um mich." Sie konnte nicht glauben, dass sie das gerade zugegeben hatte. Und ausgerechnet vor Ross.

„Und deshalb stelle ich die schwierige Frage nochmal. Was ist, wenn du es nicht schaffst? Ist es nicht wichtig, auch über diese Möglichkeit nachzudenken? Was ist, wenn du Gottes Absichten mit deinen eigenen verwechselst?"

Wieder hatte sie das Gefühl, auf die Probe gestellt zu werden. Sie dachte an die Stimme des Zweifels, die immer wieder aus dem Schatten kam und ihr sagte, sie solle ihren Traum aufgeben. „Tue ich nicht. Und ich werde nicht aufgeben. Ich weigere mich zu glauben, dass all diese Jahre verschwendet waren. Dass Er diese Sehnsucht in mir gesät hat, nur damit es am Ende bedeutungslos war. Das ist für mich nicht akzeptabel. Außerdem gibt es diesen Bibelvers, der sagt, dass er uns die Freuden unseres Herzens schenken wird. Das *ist* die

Freude meines Herzens. Und trotz all der Dinge, die seit meiner Ankunft hier nicht gut gelaufen sind, fühlt es sich richtig an, die Show hier zu produzieren. Ich habe das Gefühl, dass ich hier sein *soll*. Ich weiß, dass das ein echter Schuss ins Blaue ist, vielleicht meine letzte Chance, aber ich habe das Gefühl, dass es richtig ist. Verstehst du das? Alles, was ich brauche, ist ein wenig Hilfe – von dir."

Er musterte sie lange. „Also, was würdest du sagen, wenn ich zustimmen würde, dir die Scheune zu überlassen?"

Die Zeit blieb stehen, als hielte die Welt den Atem an. Sie wollte das so sehr, es war fast zu schwer zu fassen. Ross hatte sich mit all den Fragen, die er gestellt hatte, so angehört, als wäre er immer noch dagegen. War er endlich bereit, nachzugeben?

„Ernsthaft?", fragte sie. Die Damen hatten ihr in der Kirche zugezwinkert, ganz selbstsicher, doch wirklich, Sugar hatte angefangen zu glauben, dass er nie seine Meinung ändern würde.

Er nickte. „Wie eine Herde wildgewordener älterer Damen mich erinnert hat, steht die Scheune nur leer und verrottet. Sie wartet auf ein zweites Leben." Er lächelte.

Sie reagierte mit Freude und Erleichterung, warf ihre Arme um seinen Hals und drückte ihn an sich. „Danke! Danke!", quietschte sie in sein Ohr. Seine

Arme legten sich um sie, und er erwiderte ihre Umarmung und lachte über ihre Aufregung. Sie konnte es einfach nicht glauben.

Konnte es nicht fassen.

„Hey", lachte er gegen ihr Haar. „Du wirst mir vielleicht nicht mehr danken, wenn du meine Bedingungen hörst."

Bedingungen?

KAPITEL ELF

„Bedingungen, Bedingungen, wen interessiert das? Du bist der *Beste*, Ross Denton."

Sie blickte zu ihm auf und bemerkte, dass sie sich gerade in seine Arme geworfen hatte. Seinem Gesichtsausdruck nach zu urteilen, war er genauso überrascht wie sie. Seine Arme legten sich um sie, und sie bemerkte, dass sie nah genug waren, um sich zu küssen. Ihre Augen wanderten zu seinen Lippen, die Zeit blieb stehen, und jeder Gedanke löste sich in Luft auf.

Oh nein, Mädchen! Sie zog sich zurück, und er ließ sie los. Doch als sie sich von ihm entfernte, drehten sich ihre Gedanken. Und zu ihrer Bestürzung wünschte sie sich nichts sehnlicher, als seine Arme um sich zu spüren, wie sie sie wieder an ihn zogen, während er sie küsste.

Verrückt. Verrückter als verrückt. Mehr denn je war es für sie unerlässlich, eine professionelle Beziehung zu pflegen.

„Meine Bedingungen sind", sagte er, räusperte sich und fuhr sich mit der Hand durchs Haar, „dass ich helfe, aber du musst meinen Rat befolgen. Denn ich glaube immer noch nicht, dass du die leiseste Ahnung davon hast, worauf du dich einlässt."

Kein Witz, dachte sie, als ihre Augen sie hintergingen und zu seinen Lippen wanderten. „Einverstanden", sagte sie schließlich.

In diesem Moment hätte sie allem zugestimmt. Der Mann ließ sie seine Scheune benutzen! Das war alles, was zählte. Sie konzentrierte sich und holte tief Luft. Sie machte sich keine Sorgen. Sie würde in der Lage sein, ihn dazu zu bringen, die Situation auf ihre Weise zu sehen, sobald sie in Gang kamen. Das Wichtigste war, einfach anzufangen.

Allein dafür wollte sie ihn küssen.

Wem wollte sie etwas vormachen? Sie wollte ihn nur küssen, Punkt.

Und das würde nicht geschehen. Auf keinen Fall. Überhaupt nicht.

„Also, ich denke, du solltest nach den Steaks sehen, und ich sollte besser nach den eingelegten Pflaumen schauen, oder was auch immer ich auf den Herd gestellt habe. Dann können wir reden." Sie eilte davon, als würde sie von einem ganzen Rudel Biber gejagt.

„Wenn in dem Glas Pflaumen sind, bist du auf dich allein gestellt!", rief er ihr nach.

„Hey, ich bin gerade so glücklich, dass ich glatt welche essen würde."

Am Montagmorgen redeten alle darüber, dass Ross sich mit Sugar zusammengetan hatte.

„Jetzt muss ich ihn nur noch davon überzeugen, den Helden in meiner Produktion zu spielen", kündigte sie an.

Haley stöhnte von der anderen Seite des Büros. „Du bist gnadenlos. Der arme Kerl weiß gar nicht, was er sich da eingebrockt hat. Aber ich muss sagen, ich denke, du und er zusammen auf der Bühne wärt ein klasse Duo."

Obwohl sie das Gleiche dachte, klappte Sugar die Akte zu, die sie gerade durchging, und warf ihrer Chefin einen „Denk nicht einmal daran"-Blick zu. Sie hoffte, dass die Nachricht genauso in ihrem eigenen Gehirn ankommen würde. *Hör auf, darüber nachzudenken!*

„Du weißt, dass du ihn magst. Ich kann es in deinen Augen sehen, wenn ihr streitet."

Sugar fasste Mut in der Wahrheit. „Genau das ist

es. Wir sehen nicht viel auf Augenhöhe. Und ich befürchte, dass diese Zusammenarbeit manchmal ziemlich hitzig werden wird. Er hat vielleicht endlich nachgegeben, aber Fakt ist, dass er stur ist."

„Ha! Und du nicht?"

„Na ja, ich bin stur, aber was soll's? Ich glaube nicht an den Mist von wegen wie viel Spaß es machen kann, sich wieder zu vertragen."

Haley verdrehte die Augen und öffnete die Tür, um zu gehen. „Glaub mir, wenn ich dir sage, dass sich zu vertragen sehr viel Spaß macht. Aber das ist nicht der Punkt, und das weißt du. Wenn du ihm eine halbe Chance geben würdest, könntest du herausfinden, wie viel ihr gemeinsam habt."

Oh, sie war mehr als versucht, genau das zu tun. Mehr, als sie sich eingestehen konnte. Doch das wollte sie Haley nicht wissen lassen, also brummte sie nur. „Was? Dass ich Schauspielerin sein will und er nicht?"

„Nun, da hast du vielleicht Recht. Doch ich bin mir sicher, dass ihr beide bei all dem tatsächlich einen guten Mittelweg finden könntet. Aber oh! Ich muss los."

Haley eilte zu ihrem Auto, und Sugar machte sich wieder an die Arbeit. Doch sie konnte nicht umhin, zuerst auf die Uhr zu spähen. Nur noch ein paar Stunden, und dann traf sie Ross in der Scheune. In ihrer Scheune. Sie konnte sich kaum beherrschen, wenn sie nur daran dachte.

Etwa eine Stunde später kamen Applegate und Stanley ins Büro. Sie blieben an der Tür stehen, zappelten herum und erinnerten sie an zwei kleine Jungen.

„Morgen, Sugar", sagten sie fast gleichzeitig und ließen die Fenster erzittern. Anscheinend waren ihre Hörgeräte nicht eingeschaltet.

„Guten Morgen. Was kann ich für euch zwei tun?"

„Du solltest eher fragen, was wir für dich tun können, Mädchen", bellte Applegate.

„Ja, sag du es ihr, App", sagte Stanley und stieß ihn mit dem Ellbogen an.

„Für deine Shows hier hast du davon gesprochen, dass du Lichter brauchst, nicht wahr?"

Sugar nickte. „Ja." Sie hoffte, bald ein paar brauchbare große Scheinwerfer zu finden. Sie hatte einen Freund in L.A., der für sie nach gebrauchten Ausschau hielt.

„Und du brauchst jemanden, der sie steuert und den Ton auch? Wir denken, wir könnten das machen."

Hatte sie sie gerade richtig gehört? Sugar setzte sich aufrechter hin und blickte von einem Mann zum anderen. Applegate zupfte an seinem Hosenbund und stand dann da, seine dünnen Schultern gestrafft, die Daumen in den Gürtelschlaufen. Stanley fuhr sich mit der Hand über sein schütteres Haar und wippte dann auf seine Fersen zurück. Beide Männer nickten.

„Aber–"

Applegate winkte ab. „Sugar, *aber* ist nicht das, was wir von dir hören wollen. Wir langweilen uns zu Tode."

„Der Ruhestand wird uns noch umbringen", blaffte Stanley. „Wir denken, dass es funktionieren wird, und wir wissen, dass wir den Job machen können. Klingt nach Spaß."

Ihr Angebot berührte sie. Und wirklich, was hatte sie zu verlieren? Sie erhob sich langsam. Sie wollten helfen, und sie brauchte jede Hilfe, die sie bekommen konnte. Sie würde sich später um das technische „Know-how" der beiden kümmern. „Ich kann nicht viel bezahlen. Und an manchen Tagen wird die Arbeit lang und an anderen nur sporadisch sein."

Applegates buschige Brauen hoben sich, als er von Stanley zu ihr blickte. „Das heißt, wir sind angeheuert?"

Sugar nickte und betete, dass sie das nicht bereuen würde. Doch sie konnte nicht nein zu ihnen sagen. „Willkommen in der Show, Jungs!"

Ross stand vor der Scheune, als Sugar vorfuhr, und als er ihr zusah, wie sie über die Schotterstraße holperte, spürte er eine Mischung aus Angst und Vorfreude. Wenn er nicht gerade anderer Meinung war als sie, genoss er ihre Gesellschaft. Gestern war es nicht anders gewesen. Wie konnte er einer Frau gegenüber so misstrauisch sein und sich gleichzeitig so zu ihr hingezogen fühlen? Als er ihr gesagt hatte, dass er ihr helfen würde, und sie sich in seine Arme geworfen hatte, hatte er fast den Fokus verloren.

Er war entschlossen, dafür zu sorgen, dass so etwas nicht noch einmal passierte. Das war ein Geschäft, und er würde gut daran tun, es nicht zu vergessen.

„Hey, Cowboy!", rief sie, als sie aus ihrem Auto stieg. „Ich war so aufgeregt, dass ich heute kaum arbeiten konnte."

Ihre Augen strahlten so hell vor Freude, dass es ansteckend war. Sie blieb vor ihm stehen, stemmte die Hände in die Hüften und sah ihn verspielt an. „Schön, dich hier zu sehen."

Sein Mund wurde trocken, als er in ihre Augen starrte. „Ja, was für ein Zufall."

„Hey, ich habe Neuigkeiten."

„Und die wären?", fragte er und wandte sich der Scheune zu, um den Blickkontakt abzubrechen.

„Applegate und Stanley haben angeboten, Licht und Ton zu machen."

Das lenkte seinen Blick zurück zu ihrem Gesicht.

„Was hast du gesagt?"

„Ja natürlich. Ich denke, das wird ganz prima klappen. Haley hat mir schon erzählt, dass sie sich Sorgen macht, dass sich ihr Großvater langweilt. Das dürfte ihm und Stanley also guttun. Sie waren so aufgeregt."

„Sehr gut. Ich weiß, dass sie es können. Sie mögen alt sein, aber die beiden haben immer noch einen scharfen Verstand. Wie mein Großvater. Er hat bis zu seinem Tod gearbeitet."

„Mit dir an seiner Seite, wette ich. Genau wie es mit Applegate und Stanley sein wird."

Ross hatte seit seinem Gespräch mit dem Prediger viel an seinen Großvater gedacht. Noch einmal betrachtete er die Scheune, um Blickkontakt zu vermeiden. „Es würde ihm wirklich gefallen, dass ich dir helfe." Ross wusste, dass es so war. „Ich konnte gestern Abend nicht aufhören, darüber nachzudenken."

„Ich auch nicht. Du kannst dir nicht vorstellen, wie glücklich du mich gemacht hast. Ich war gestern Abend so voller Ideen. Ich meine, ich habe über Skripts und Sketchen gebrütet, seit ich hier bin, und nichts hat sich richtig angefühlt. Ich habe mit dem Gedanken an eine Solo-Show gespielt, die auf ein paar Vignetten basiert, aber ich bin immer noch nicht sicher."

„Das kommt schon noch." Sie gingen auf die

Scheune zu, und ihn überkam eine unerwartete Vorfreude. Er warf Sugar einen Blick zu und konnte sehen, dass sie sie auch spürte. Er öffnete die Tür, und sie trat langsam über die Schwelle und blieb stehen.

„Oh, Ross, es ist perfekt. Kannst du es nicht sehen? Familien werden hierherkommen und unsere Show sehen, und sie werden lachen und glücklich nach Hause gehen. Es wird fantastisch."

„Ja", sagte er und riss seinen Blick von ihrem lebhaften Gesicht los, um die stille Scheune zu betrachten. „Ich kann mich daran erinnern, wie ich in Branson auf unser Publikum geschaut und gesehen habe, wie die Familien zusammen eine tolle Zeit hatten. Ich denke, dass mein Großvater mehr Freude daran hatte als an jedem anderen Teil der Show."

„Was ist mit dir?", fragte Sugar leise.

„Ich auch. Aber wie gesagt, mir hat immer was gefehlt. Weißt du, ich hatte lange Zeit ähnliche Ambitionen wie du."

„Im Ernst?"

Er lächelte über ihren erschrockenen Gesichtsausdruck. „Nicht Hollywood, sondern Nashville. Ich dachte, das wäre mein ultimatives Ziel. Aber das war, als ich ein Teenager war, bevor ich vollständig verstanden habe, dass es nicht das war, was ich wollte. Und dass ich nicht talentiert genug war."

„Warum sagst du das? Ich habe deine Stimme geliebt, als du unter deinem Traktor gesungen hast."

Er seufzte. „Meine Kühe hören auch gern zu. Sie haben nichts gegen eine weniger als perfekte Stimme. Aber bei der Unterhaltung geht's nicht nur um Talent. Du und ich, wir wissen, dass es da draußen zahllose talentierte Menschen gibt."

„Und ob", sagte sie.

„Es ist wie in diesem Tim McGraw-Song ‚How Bad Do You Want It'. Der Text erzählt davon, was nötig ist, um es im Musikgeschäft zu schaffen. Wie du sagst, musst du es so sehr wollen, dass du bereit bist, alles zu opfern, um es zu bekommen. Du musst es essen, schlafen und davon träumen. Es muss alles für dich sein. Ich hatte diesen Antrieb nicht. Ich hatte nicht den Wunsch, mein alltägliches Glück für etwas zu riskieren, das passieren könnte, aber wahrscheinlich nicht passieren würde. Ich glaube aber, dass du diesen Antrieb hast."

Sugar nickte und atmete tief aus. „Ich hatte schon immer einen solchen Tunnelblick, wenn es darum ging, ein Star zu werden, dass mir die Vorstellung, keiner zu werden, Todesangst einjagt. Ich kann einfach nicht daran denken. Ich habe es schon so lange gelebt, geatmet, davon geträumt …"

Er lächelte sie an, da er wusste, dass es wahr war.

„Hey", sagte sie mit vorgestrecktem Kiefer. „Wenn

das Mitleid ist, dann vergiss es. Ich liebe, was ich tue und wohin ich gehe. Ich werde es schaffen. Das werde ich."

Er zweifelte nicht daran. „Es ist nicht Mitleid. Ob du es glaubst oder nicht, ich bewundere deinen Drive. Und ich möchte dir helfen. Ich habe den Hintergrund, und du hattest Recht, als du gesagt hast, ich soll ihn nicht verschwenden."

„Das solltest du auch nicht. Gott hat dir das aus einem bestimmten Grund gegeben."

Als er sah, wie sie ihn so aufrichtig anlächelte, wusste er, dass er das tun sollte. Er erzählte ihr, dass er am Tag zuvor mit Pastor Allen gesprochen hatte. „Er hat noch etwas gesagt, das mich zum Nachdenken gebracht hat. Er sagte, dass Gott meine Vergangenheit vielleicht als meine Vorbereitung für hier und jetzt gewollt haben könnte. Um mich hierher zu bringen, um dir zu helfen."

Sie legte den Kopf zur Seite und lächelte. „Was denkst du?"

Sie machte ihn nervös, das dachte er. Wie sie ihn ansah, wie sie ihn anlächelte. Die Art und Weise, wie sie sich in seiner Gegenwart verhielt, hielt ihn davon ab, klar zu denken. „Ich glaube, er könnte Recht haben." Ross fügte nicht hinzu, dass es ihm Angst machte, doch das tat es. Als er sie ansah, wusste er, dass sie in dieser Partnerschaft nur gewinnen konnte, während er … er alles verlieren könnte.

KAPITEL ZWÖLF

Wow! Ross dachte, Gott hätte ihn darauf vorbereitet, ihr zu helfen? Gestern war sie dankbar gewesen, dass Ross endlich zugestimmt hatte. Doch jetzt zu wissen, dass er glaubte, dass Gott seine Hand im Spiel hatte … das machte seine Entscheidung so viel wichtiger.

„Du weißt, dass wir streiten werden", sagte sie schließlich halb im Scherz und halb ernst.

Er verschränkte die Arme vor der Brust. „Hey, hast du nicht gehört? Ich bin der Boss."

Oh, dieser Mann war so attraktiv! „Auch hey, Boss. Lass uns diese Show auf den Weg bringen." Sie trat weiter in die Scheune hinein und richtete ihre Konzentration wieder auf das, wo sie sein sollte – auf ihren Traum.

Er ging an ihr vorbei und zu der Leiter, die zum

Heuboden führte. „Hier werden wir die Show produzieren – Licht, Ton. Komm mit rauf."

Er kletterte die Leiter hoch, bevor sie blinzeln konnte, und seine Stiefel klapperten auf den Holzsprossen. Cowboys.

Sie folgte ihm und nahm oben seine angebotene Hand. Egal wie sehr sie es zu leugnen versuchte, sie spürte immer noch, wie das Bewusstsein bis in ihre Zehenspitzen schoss, sobald seine starken Finger sich um ihre Hand schlossen. Zum Glück ließ er los, sobald sie neben ihm stand, und trat ein paar Schritte weg. Sie studierte die Weite des offenen Raums. Sie war nervös, ging zum Rand und deutete auf die Rückseite der Scheune.

„Das ist deine Domäne, und da sehe ich die Bühne. *Meine* Domäne."

„So weit, so gut."

„Das ist mein Plan", sagte sie. „Wir brauchen Lichter. Ich denke, ich werde die Beleuchtung und das Soundsystem mieten. Ich habe ein bisschen Geld, aber nicht genug, um sowas zu kaufen, zumindest nicht am Anfang. Ich war gestern Abend online und habe eine Firma gefunden, die alles hat, was ich brauche. Was denkst du?"

Er hob eine Hand. „Auszeit. Das ist meine Domäne, erinnerst du dich? Lass mich ein paar Anrufe tätigen und sehen, was ich auftreiben kann. Ich habe noch ein paar Verbindungen." Er schenkte ihr ein schiefes Lächeln, und sie lächelte zurück.

„Wenn du denkst, dass du deswegen von mir Beschwerden hörst, liegst du falsch. Wenn du eine Möglichkeit hast, die Ausrüstung zu einem guten Preis zu bekommen, dann wünsche ich dir viel Glück dabei und warte gerne. Glaub mir, mein Kopf ist schon voll genug." Sie starrte auf den Bereich hinab, wo die Bühne sein würde. „Ich habe all diese Ideen, aber ich habe noch nicht das ganze Bild. Dass ich mich nicht um jeden Aspekt kümmern muss, entlastet mich und erlaubt mir, mich zu konzentrieren."

„Du kommst schon noch drauf."

Sie bemerkte sein aufmunterndes Lächeln und seine ernsten Augen und war beeindruckt, wie gut es sich anfühlte, jemanden zu haben, der das mit ihr teilte. Das hatte sie noch nie zuvor gehabt, und die bloße Vorstellung erfüllte sie mit Staunen.

„Also sag mir, was hast du in der Show deiner Familie gemacht? Ich will Details." Sie wurde von dem Drang übermannt, alles über ihn zu erfahren.

„Ich habe gesungen. Ich bin nicht lustig, und außerdem bin ich ein schrecklicher Schauspieler. Also werde ich in deiner Show singen, wenn es sein muss, aber glaub nicht, dass ich schauspielern werde. Das überlasse ich allein dir." Er tippte ihr auf die

Nasenspitze, seine Augen funkelten. Er wirkte so entspannt, jetzt, wo, er sich entschlossen hatte, ihr zu helfen.

Sie war sich plötzlich wieder seiner Nähe bewusst. „Ich glaube nicht, dass du nicht schauspielern kannst."

„Glaub es ruhig. Keine Schauspielerei für mich."

„Ich glaube, du könntest ein Star sein. Wir könnten es zusammen schaffen." Sie machte keine Witze.

„Nicht, wenn ich helfen kann. Außerdem, selbst wenn du ein Wunder vollbringen könntest und ich plötzlich Brad Pitt wäre, reizt mich das nicht."

Sie schüttelte enttäuscht den Kopf. „Ich wette, deine Familie hat dich vermisst, als du die Show verlassen hast."

„Nein. Ich habe ein paar wirklich talentierte Cousins. Ganz zu schweigen von meiner Mutter und meinen Onkeln." Es war *unmöglich*, dass sie ihn nicht vermissten. Er hatte so viel Präsenz! „Ich würde gerne irgendwann die Show deiner Familie sehen."

Er sah einen Moment nachdenklich aus, bevor er antwortete. „Sie touren ein paarmal im Jahr. Wir bringen das hier zum Laufen, und sie werden eine Show für dich und Mule Hollow spielen."

„Cool! Das ist eine großartige Idee, Ross." Warum hatte sie nicht früher daran gedacht? „Wenn ich weg bin, könntest du das weitermachen, andere Shows buchen. Weißt du, es ein bisschen aufmischen. Wirklich etwas aus dieser Scheune machen."

„Vielleicht. Wir werden sehen." Etwas Undeutbares flackerte in seinen Augen. „Wenn du weg bist, ist es vielleicht nicht mehr dasselbe."

Darauf schwiegen sie beide.

Sie war sich nicht sicher, was sie von dieser Bemerkung halten sollte. War es persönlich? Sie war nicht bereit, das zu erforschen. Zeit, das Thema zu wechseln. Schnell. „Also komm, lass mich dir zeigen, was ich vorhabe, und du kannst mir sagen, was du denkst." Sie ging zur Leiter und schwang sich herum. „Wir haben in kurzer Zeit viel zu erledigen. Also zack-zack." Sie kletterte die Leiter hinunter.

Als sie aufblickte, stand er immer noch da und starrte sie an. Ihr Herz hämmerte, als sie den Ausdruck in seinen grünen Augen sah. Anziehung war von dem Moment an, als sie sich das erste Mal begegnet waren, ihr ständiger Begleiter gewesen, doch sie wusste, dass er genauso darauf bedacht war, sie in Schach zu halten. Als sie zu ihm aufstarrte, musste sie sich daran erinnern, dass zwischen ihnen nichts passieren durfte.

Doch so, wie ihr Herz in ihrer Brust hämmerte, wusste sie, dass es ein Kampf werden würde.

Etwas mehr als eine Woche später, an einem Donnerstagmorgen, ging Sugar zu Sam, um sich eine

Tasse Kaffee zu holen. Eine dringend benötigte Tasse, da sie fast die ganze Nacht wach gewesen war und an den Sketchen gearbeitet hatte. Als sie sich durch die schwere Schwingtür des Diners schob, wäre sie fast mit Applegate und Stanley zusammengestoßen, die gerade gingen.

„Hey Leute! Na, was habt ihr Schönes vor?" Es war noch nicht ganz elf Uhr, und normalerweise spielten sie fast bis mittags Dame. Selbst ihre Hilfe im Theater hatte das Damespiel nicht beeinträchtigt.

Die süßen alten Käuze waren die letzten fünf Abende in der Scheune gewesen, um dafür zu sorgen, dass die Cowboys, die gekommen waren, um die Bänke und die Bühne zu bauen, alles richtig machten. Sie war erstaunt über all die Leute, die gekommen waren, um zu helfen, und konnte nicht fassen, wie schnell sie Fortschritte machten.

„Nichts", sagte Applegate und warf ihr einen Blick zu, den sie nur als schuldig interpretieren konnte.

„Oh ja?", fragte sie, und ihre Neugier wuchs.

„Muss ein Mann was vorhaben, nur weil er sich bewegt?"

„Ähm, nein", sagte sie. „Ich habe es nicht wörtlich gemeint. Ich wollte nur nett Guten Morgen sagen."

„Auch guten Morgen", sagte Stanley und schob Applegate an ihr vorbei. „Geh weiter, App, wir haben keine Zeit zu verschwenden."

Sie verschwanden durch die Schwingtür, und sie beobachtete sie durch das Fenster, als sie praktisch in Apps Truck sprangen. Zumindest Applegate. Stanley brauchte drei Versuche, um sein kurzes, dickes Bein hoch genug zu heben, um auf das Trittbrett zu treten, damit er sich ins Fahrzeug ziehen konnte.

„Bist du hier, um diesen schicken Kaffee zu kaufen, den du so gerne magst?", fragte Sam, blieb neben ihr stehen und erschreckte sie so sehr, dass sie zusammenzuckte.

„Ja. Aber kannst du mir sagen, was mit den beiden los ist?"

„Machst du Witze? Bei diesen beiden, wer weiß das schon?", lachte der kleine, drahtige Mann und ging zum Tresen.

Sie ließ sich auf einem Hocker nieder und sah zu, wie er die Dose hochhob, die mit einer Mischung aus Zimt, Kakao und Zucker gefüllt war, die er speziell für sie gemischt hatte. Sie war immer noch begeistert, dass er das für sie getan hatte. Sie lächelte, als er einen Löffel voll auf den Boden eines Pappbechers gab, ihn mit Kaffee füllte und sich dann eine Dose Schlagsahne aus dem Kühlschrank holte. Er sah eher aus wie ein Mann, der einen Feuerlöscher benutzt, als ein Kaffeehaus-Barista, und er sprühte genug auf die Kaffeemischung, um einen kleinen Waldbrand zu löschen, bevor er ihr den Becher entgegenschob.

Es war nicht Starbucks, aber Sugar hatte sich an Sams Version gewöhnt. Dass er sich so sehr bemühte, ihr zu geben, wonach sie sich sehnte, berührte sie. Und wirklich, die Mischung, die er sich ausgedacht hatte, war köstlich, mit gerade genug Zimt und Kakao, um ihre Geschmacksknospen zufriedenzustellen. Wer hätte das gedacht?

„Ich weiß immer noch nicht, warum du eine gute Tasse Kaffee mit diesem Zeug vermasseln musst", brummte Sam und sah ihr zu, wie sie einen Schluck trank. „Was noch unglaublicher ist, ist, dass jetzt noch andere Ladys hier reinkommen, um dasselbe schreckliche Gebräu zu bestellen."

Sie grinste ihn an. „Du solltest uns vier Dollar pro Tasse abknöpfen, dann würdest du gut daran verdienen."

Er runzelte die Stirn. „Die Zutaten sind ja nicht mehr als Zucker und Sahne, und du siehst nicht, dass ich irgendjemandem dafür was berechne, oder?"

Sie hatte das Gefühl, dass die Schlagsahne die Kosten ein wenig erhöhte, doch mit dem Rest hatte er Recht. „Du bist ein echter Schatz, Sam, weißt du das? Deine Adela ist eine glückliche Frau." Sugar rutschte vom Hocker. „Ich seh dich später. Und danke für den Kaffee!"

„Jederzeit. Und ich bin der Glückliche, wenn es um

meine Adela geht. Alle Schlagsahne der Welt ist nicht einmal ansatzweise mit der süßen kleinen Lady zu vergleichen."

Sugar fühlte sich glücklich, als sie ging. Wahre Liebe war so schön anzusehen, und wenn Sam und Adela einander ansahen, war klar, dass sie wirklich etwas Besonderes hatten.

Als sie hinausging, staunte Sugar darüber, wie sich ihre Wahrnehmung von Mule Hollow in den letzten Wochen verändert hatte. Die Leute, die Stadt, sogar das holzvertäfelte Diner waren ihr seit ihrem ersten Tag hier ans Herz gewachsen. Sie konnte sich immer noch nicht vorstellen, ihr ganzes Leben in einem so kleinen Ort zu verbringen, doch sie konnte seinen Reiz verstehen.

„Spring rein", sagte Haley, als sie ihr auf dem Gehsteig vor dem Büro begegnete. „Ich brauche deine Meinung zu ein paar Farbmustern, bevor die Maler kommen."

„Du bist der Boss." Sugar nippte an ihrem Kaffee und stieg in Haleys Auto.

Ihre Freundin hatte nicht nur ein Immobilienbüro eröffnet, sondern war auch dabei, ein paar Immobilien zu sanieren, um sie wieder zu verkaufen. Ein langsamer, aber lohnender Prozess. Das war die Sache mit den Immobilien von Mule Hollow – sie bewegten sich im Vergleich zum Markt in L.A. im Schneckentempo.

Haley schien es jedoch nicht zu stören. Es war eine totale Überraschung für Sugar, wie viel Spaß es ihrer Freundin machte, das Innere eines Hauses zu gestalten. Sie hatte sie eingeladen, sich an einem dieser Projekte zu beteiligen, doch Sugar hatte weder die Zeit noch den Wunsch.

„Haley, ich muss ehrlich zu dir sein. Ich konnte absolut nicht verstehen, dass du deine Karriere im Immobilienmarkt von Beverly Hills aufgegeben hast, um hierherzukommen." Sie sah sich in dem Ort um, den sie vor ein paar Monaten zum ersten Mal auf den Fotos gesehen hatte, die Haley ihr per E-Mail geschickt hatte. „Das ist aber wunderbar. Ich verstehe es jetzt irgendwie. Für dich, nicht für mich."

Haley lachte. „*Irgendwie* ist immerhin eine Verbesserung zu deiner Meinung, dass ich den Verstand verloren habe, in – und ich zitiere — *ein gottverlassenes Kuhkaff zu ziehen*."

Sugar sah verlegen aus. „Ich war ein bisschen brutal, nicht wahr?"

„Und ob du das warst – aber ich dachte immer, dass du den Reiz sehen würdest, sobald du hier bist, Will getroffen und gesehen hast, was ich tue. Übrigens, Samstagabend zum Abendessen steht noch?"

Sugar betrachtete die Farbproben, die Haley ihr in die Hand gedrückt hatte. Haley und Will hatten sie und

Ross zum Abendessen in ihr Haus eingeladen. „Klar. Aber Haley, ich hoffe, du hast keine Hintergedanken. Ich meine, Ross und ich arbeiten gut zusammen. Aber …"

„Du weißt selbst, dass du ihn magst."

„Das leugne ich ja gar nicht. Der Mann ist … sympathisch. Aber wir sind uns einig."

„Worüber?"

„Uns ist beiden klar, dass wir nichts anderes als Geschäftspartner sind. Alles Persönliche wäre ein Fehler. Du weißt, dass es so ist."

Haley schmollte. „Ich mag es nicht. Ich möchte, dass du dich verliebst und hierbleibst. Er ist perfekt für dich."

Sugar verdrehte die Augen, wollte ihrer Freundin nicht sagen, wie sehr sie sich zu Ross hingezogen fühlte. „Das wird nicht passieren, also hör auf."

„Aber du musst zugeben, dass der Mann sich wirklich Mühe gibt, um deinen Traum zu verwirklichen. Du kannst mir nicht sagen, dass er sich all diese Mühe macht, nur weil er es für richtig hält."

„Doch, ich kann. Zumindest zum Teil. Und der andere Teil… nun, er weiß es nicht, aber tief in seinem Inneren will er es."

„Für dich?"

„Nein, dummes Huhn. Für sich selbst. Du solltest

ihn sehen, wenn er über die Arbeit mit seinem Großvater spricht. Seine Augen funkeln. Es gibt immer noch eine Verbindung da und ich denke, er vermisst sie wirklich. Er will es nur nicht zugeben. Ich weiß noch nicht genau, warum. Aber ich werde der Sache auf den Grund gehen."

Haley sagte nichts, lächelte nur.

„Hör auf damit", sagte Sugar. „Hör auf zu denken, was immer du denkst."

Haley konnte hoffen und sogar beten, doch Sugar würde sich nicht in Ross verlieben, heiraten und glücklich bis ans Ende ihrer Tage in Mule Hollow, Texas, leben. Das würde einfach nicht passieren. Sie würde es nicht zulassen.

Egal, wie sehr sie die Zeit, die sie an seiner Seite verbrachte, zu schätzen wusste.

Das war Geschäft, und wenn die Zeit gekommen war, würde sie wieder gehen. Sie hatte niemandem einen Grund gegeben, etwas anderes zu erwarten. Sie hatte keine Versprechungen gemacht, die sie in irgendeiner Weise an diesen Ort binden würden, und so würde es auch bleiben.

„Außerdem, Haley", sagte sie, als sie das Haus verließen, nachdem sie die Farben ausgewählt hatten. „Es gibt noch so viel zu tun, bevor wir auch nur annähernd bereit für eine Show sind. Ist dir klar", sagte sie, als sie wieder in den Wagen stiegen, „dass die Eröffnungsnacht für das dritte Augustwochenende geplant ist? Ich bin nicht einmal ansatzweise bereit. Ich habe nicht nur meine Sketche nicht ganz fertig, sondern ich habe auch weder Licht noch ein Soundsystem. Ross sagte, er würde sich darum kümmern, doch das ist eine Woche her, und bisher ist nichts passiert. Wenn ich ihn danach frage, sagt er mir nur, ich soll mir keine Sorgen machen."

Haley lachte. „Es ist *erst* eine Woche her. Entspann dich. Ich bin sicher, er hat es im Griff."

Sugar hoffte es. Sie hatte ihre Sketche jeden freien Moment geübt, den sie nicht damit verbrachte, nach einem Stück zu suchen, das ihr besser gefallen würde. Sie versuchte, dafür zu sorgen, dass sie zumindest mit den Sketchen bereit war, wenn das alles war, was sie am Ende haben würde.

„Außerdem werde ich nervös. Ich kann es nicht erwarten, auf der Bühne mit Licht und Kostümen zu üben. Und einer Besetzung!"

Haley kicherte. „Sugar, du wirst noch ein Magengeschwür bekommen, wenn du so weitermachst. Denk an alles, was du schon erreicht *hast*, nicht an das, was du noch nicht hast. Die neuen Vorsprechen stehen an, und da die Jungs jetzt wissen, was sie erwartet, sind sie an Bord und bereit. Norma Sue, Esther Mae und

Adela planen eine Werbeaktion. Ganz zu schweigen von Molly, die dich in ihrer Kolumne schon hypt. Himmel, Sugar, das ist schon eine Menge."

Haley hatte Recht. Die Ladys planten, die siebzig Meilen in die nächste größere Stadt zu fahren, um Flugblätter für die Show zu verteilen. Sie waren das selbsternannte Werbekomitee, und sie wusste, dass sie ihre Arbeit gut machen würden. Die Community brummte bereits, da Molly die Show in ihrer Zeitungskolumne erwähnt hatte. Es war alles so, wie Sugar sich erhofft hatte. Alles war bereit, die Aufmerksamkeit der Medien auf sie zu lenken, und vielleicht auch andere Kritiker als Molly. Nach all den Hindernissen bei ihrer Ankunft musste Sugar sich beruhigen und daran denken, dass jetzt alles glatt lief.

„Ich würde gern deine Meinung zu einem anderen Haus hören", sagte Haley, als sie durch die Stadt und in Richtung Scheune fuhren.

„Klar, Boss-Lady", sagte Sugar. „Aber ich wusste nicht, dass du hier draußen an einem Haus arbeitest."

„Oh, dann weißt du es jetzt."

Sugar warf ihrer Freundin einen Blick zu. „Du heckst doch nicht irgendwas aus?"

„Aushecken? Ich? Nein."

Sie erreichten die Scheune, und Haley bog in die Auffahrt ein. „Aber da wir schonmal hier sind, will ich mir was ansehen."

Irgendwas stimmte nicht. Applegate und Stanley waren da, Ross auch. Und Wills Truck. Sugar sah Haley stirnrunzelnd an, die aus dem Fahrzeug sprang, als würde es brennen.

Sugar war nicht dumm, doch sie dachte, was immer es war, es musste eine gute Überraschung sein. Das Erste, was sie bemerkte, als sie Haley folgte, war, dass alle auf dem Heuboden standen. Heute war jedoch etwas anders. Da waren Lichter! Und Lautsprecher!

„Überraschung!", riefen alle. App drückte einen Schalter, und ein Licht strahlte auf Haley herab, die auf der Bühne stand. Sie hatten Rampenlicht!

„Wo kommt das denn so plötzlich her?", quietschte sie, beeindruckt, dass alle so hart gearbeitet hatten, um diese Überraschung vorzubereiten. Deshalb hatten die beiden alten Männer es vorhin so eilig gehabt, und Haley hatte sie beschäftigt!

Ross ging zum Rand des Heubodens und lächelte. „Meine Familie braucht manchmal modernere Anlagen für ihre Show. Sie haben nach Scheinwerfern gesucht, aus denen sie herausgewachsen waren, und haben sie gespendet."

Sugar blinzelte heftig und schluckte noch schwerer. „Wow", krächzte sie.

„Jetzt steh nicht nur dumm rum", polterte

Applegate. „Schwing dich hier rauf und sieh es dir an. Das sind mehr Knöpfe auf diesen Bedientafeln, als ich je gesehen habe."

Ross grinste, als sie die erste Leitersprosse packte und auf ihn zu kletterte. Er hatte sein Versprechen gehalten. Sie lächelte ihn an, als sie den Heuboden betrat. „Und wieder einmal bist du mein echter Held", sagte sie atemlos vor Aufregung.

„Das ist doch nichts Besonderes für einen Helden, Ma'am."

Impulsiv strich sie ihm einen Kuss auf die Wange, dann beeilte sie sich, auf das Bedienfeld und die Lichtanlage zu schauen.

Will stand neben Stanley. „Du musst mitgeholfen haben, all das zu installieren", sagte sie.

Er nickte. „Das habe ich. Ich bin froh, dass ich was zur Show beitragen konnte."

„Oh, das ist alles so großartig." Sie strich mit der Hand über die Bedientafel und konnte nicht glauben, dass es dort neben der Bedientafel für die Soundanlage stand. Sie sah Ross an. „Dann sind sie aus der Soundanlage wohl auch einfach herausgewachsen?" Sie sah sich in der Scheune um und bemerkte alle Lautsprecher.

„Sie sind seit vielen Jahren im Geschäft. Du solltest das Lager des Theaters sehen. Was sie nicht hatten, hat mein Vater von ein paar seiner anderen Freunde organisiert. Aber es gab eine Bitte."

„Und die wäre?"

„Sie wollen ein Wochenende in der Nebensaison herkommen und hier eine Show machen. Nichts Großes, nur ein Teil der Besetzung. Wir müssen es nur planen, und sie kommen."

Sugar war sprachlos, aber nur für eine Sekunde. „Ach, Ross. Das wird dem Theater große Aufmerksamkeit verschaffen!"

„Ja, ist das nicht wunderbar", sagte Applegate. „Wir könnten das nächste kleine Nashville werden!"

Haley lachte von unten. „Das mag ein bisschen übertrieben sein, Großvater, aber es ist eine großartige Gelegenheit."

Alle fingen an, durcheinanderzureden. Sugar fühlte sich, als ob sie einen Stuhl brauchte. Gott sei Dank war einer in der Nähe. Sie zog ihn heran und sank darauf. „Ich bin im Geschäft", sagte sie mit brüchiger Stimme. „Ich bin wirklich, wirklich im Geschäft."

„Sieht so aus", sagte Ross mit einem Gesichtsausdruck, den sie nur als jungenhafte Befriedigung beschreiben konnte.

Danke, formte sie lautlos mit den Lippen.

Ein breites, albernes Lächeln breitete sich auf seinem hübschen Gesicht aus. Sie wusste, dass es eine Reaktion auf das Lächeln auf ihrem Gesicht war.

KAPITEL DREIZEHN

„Sei der Held meiner Show."

„Nein Sugar." Ross starrte die dickköpfige Frau vor sich an und kämpfte darum, sich gegen ihr überzeugendes Lächeln zu behaupten. „Wir haben das doch schon einmal durchgekaut. Ich will nicht auf der Bühne stehen, außer vielleicht, um ein paar Lieder zu singen."

Jetzt waren nur noch die beiden in der Scheune. Er hatte ihr angeboten, sie zurück in die Stadt zu fahren, da Haley verdächtigerweise beschlossen hatte, ihrem Mann nach Hause zu folgen. App und Stanley waren ebenfalls verschwunden und hatten Ross mit Sugar alleingelassen. Es war eine Situation, die er zu vermeiden versucht hatte. Bis jetzt war es ihm die meiste Zeit, in der sie an den Bänken und der Bühne gearbeitet hatten, gelungen. Er wollte nicht zugeben, dass er Angst hatte, mit ihr allein zu sein, doch er wusste, dass es so war. Er hatte sich vom ersten Tag an zu der Frau hingezogen gefühlt. Eine kluge Verteidigung dagegen, die Anziehungskraft wachsen zu lassen, war ein starker Angriff.

Er musste Abstand halten, um seine Perspektive zu wahren.

Doch zu wissen, wie viel Sorgen sich Sugar gemacht hatte, das Sound- und Lichtproblem zu lösen, hatte ihn wahnsinnig gemacht. Er war davon ausgegangen, dass sie sich alles genau ansehen wollen würde, also hatte er zugestimmt, mit ihr hierzubleiben, anstatt sie zurück in die Stadt zu bringen, sobald alle anderen gegangen waren.

Als er sie jetzt jedoch ansah, musste er sich angesichts des überzeugenden Funkelns in ihren Augen daran erinnern, den Kopf zu schütteln und sich zusammenzureißen. Sie hatten sich während der Bauzeit so gut verstanden, doch sie musste es immer noch durch den hübschen kleinen Kopf kriegen, dass er *nicht* der Held ihrer Show sein würde. Auf keinen Fall.

Es stimmt, er konnte nicht fassen, wie sehr er es genoss, diese Show zu organisieren. Hätte ihn vor einem Monat jemand gefragt, ob er jemals wieder ins Unterhaltungsgeschäft zurückkehren würde, hätte er nein gesagt. Tatsächlich *hatte* er nein gesagt. Mehrmals sogar. Das Komische war, dass er sich noch nie zufriedener mit dem Geschäft gefühlt hatte, seit er mit dem Bau der Bühne begonnen hatte. Und das Licht in Sugars Augen gesehen hatte.

Er verdrängte diesen kontraproduktiven Gedanken aus seinem Kopf und warf ihr einen extra strengen Blick zu. „Wir haben eine Abmachung. Ich helfe bei der Produktion und singe ein paar Lieder. Mehr nicht."

Er stand jetzt am Rand der Bühne, fest entschlossen, sich nicht zu etwas manipulieren zu lassen, das er bereuen würde. Keine leichte Aufgabe, wenn die Frau ihn ansah, als wäre er die beste neuste Eiscremesorte, die es gab.

„Nein", sagte er noch einmal, als sie ihn mit ihren schönen Augen ansah und süß lächelte. „Und hör auf, mich mit diesem Dackelblick anzusehen."

„Ich sehe dich voller Bewunderung an, weil du ein ganz erstaunlicher Mann bist, Ross Denton", sagte sie und kam durch den Mittelgang auf ihn zu. Sie machte eine ausladende Geste über die Reihen von Bänken, die er und seine Freunde gebaut hatten. „Du hast das alles gemacht. Und jetzt das Soundsystem. Und deine Familie ..."

Sie war kurz vom Kurs abgewichen, um ihn zu loben, doch er wusste, dass sie nicht aufgegeben hatte, ihn als ihren Co-Star besetzen zu wollen. Sie gab nie auf. Er presste die Zähne aufeinander, entschlossen, sich nicht umstimmen zu lassen.

Entschlossen, nicht nachzugeben.

Sie blieb in der ersten Reihe stehen und musterte ihn. Sie trug Jeans und Stiefel und ein rotes Tanktop mit einem Stern auf der Vorderseite. Dieser Stern erinnerte ihn daran, dass ihr Herz in Hollywood lag. Ross wäre ein Narr, wenn er das vergessen würde.

Narr oder nicht, er kämpfte gegen den plötzlichen Drang an, seine Arme um sie zu legen und allem zuzustimmen, was sie von ihm verlangte. *Oh, nein, das tust du nicht. Abstand halten, Kumpel.*

Das war noch schwieriger, weil er es wirklich genossen hatte, in den letzten zwei Wochen mit ihr zusammen zu sein. Die Verbindung, die er zu seinem Großvater spürte, war gewachsen, während er an der Produktion gearbeitet hatte. Jetzt kannte er die Freude, die seine Großeltern verspürt hatten, als sie ihre Show aus nicht mehr als einer Scheune und ihrem Talent aufgebaut hatten. Dieses Gefühl verdankte er der Frau vor sich, und das war eine weitere Komplikation, die es schwieriger machte, auf die Alarmglocken tief in seinem Inneren zu hören.

„Danke, dass du so viel für mich tust." Sie trat näher.

„Das ist nur, wozu ich eingewilligt habe."

„Also wirst du endlich für mich singen? Für mich, nicht für deinen Traktor oder deine Kühe."

Er lachte. Er hätte wissen müssen, dass das kommen würde. Die Frau war hartnäckig. „Ja, ich werde singen. Das war Teil des Deals." Er hob eine Augenbraue, um seinen Standpunkt zu verdeutlichen – dass er genau das tat, was er versprochen hatte. Sie kicherte, und das Geräusch flutete durch ihn hindurch wie Musik.

Er ging zur Leiter und brachte gute drei Meter Distanz zwischen sie und ihn, bevor er sich umdrehte und fragte: „Also, was soll ich singen?" Seine Stimme klang heiser. Er wollte sie küssen. Es war nicht das erste Mal, dass ihm der Gedanke in den Sinn gekommen war.

„Das gleiche Lied, das du an dem Tag gesungen hast, als ich dein Geheimnis herausgefunden habe. Das über Gottes Liebe und die Liebe eines Vaters, die unendlich ist. Sing das. Ich denke, es könnte eines der Lieder sein, das wir für die Show verwenden könnten. Natürlich müssten wir die Erlaubnis einholen, wenn wir es nutzen, und das ist etwas, um das ich mich kümmern muss."

„Ich mach das schon. Ich kann einen Großteil davon erledigen. Aber du solltest wissen, dass ich schon lange für niemanden außer meine Kühe singe."

Sie strich eine Haarsträhne hinter ihr Ohr, und ihre

Hand verweilte dort. „Dann denke ich, ist es höchste Zeit, dass du deine Stimmbänder ölst, nicht wahr? Und wir müssen sichergehen, dass all die neuen Geräte funktionieren, also hopp-hopp."

„Ja, Ma'am. Dann singe ich jetzt nur für dich."

„Na wunderbar – ein Mann, der weiß, wie man ein Lächeln auf dem Gesicht eines Mädchens behält."

Seine Augen wurden sofort von ihren lächelnden Lippen angezogen, und er hätte fast gestöhnt. „Ähm, ich werde das System einschalten. Warte."

Er eilte auf den Heuboden hinauf wie ein Mann, der aus einem brennenden Gebäude rennt. Er packte die Leiter, kletterte die Sprossen hoch und stapfte dann zu der schwarzen Bedientafel hinüber. Als Kind hatte ihn dieses schwarze Ding fasziniert. Im Moment interessierte es ihn überhaupt nicht. Jede Faser seines Seins rang mit der Faszination für die Frau, die unter ihm vor der kleinen Bühne stand.

Konzentriere dich, Mann, sagte er zu sich. *Konzentrier dich.*

Er nahm das Mikrofon, atmete ein paarmal tief durch und begann dann, für Sugar zu singen. Gott sei Dank hatte sie nach einem Lied über Gottes Liebe gefragt und nicht nach einem romantischen. Er hätte keine Chance gehabt, wenn sie ihn gebeten hätte, etwas wie „When a man loves a woman" zu singen. Nicht, dass er sie liebte. Es wäre einfach unbehaglich gewesen. Ja, unbehaglich. Genau das wäre es.

Sie saß am Rand der Bühne, als er mit dem Mikrofon in der Hand auf sie zukam. „Weißt du, das wäre besser mit Musik", sagte er. „Hilft, die Fehler zu verbergen."

„Würdest du bitte aufhören? Ich weiß, dass du singen kannst, also hör auf, dich so zu zieren."

Er kicherte und hob das Mikrofon zu seinem Mund. „Na dann. Wird schon schiefgehen."

Von wegen schiefgehen!, dachte Sugar, als Ross anfing zu singen. Sie fühlte sich, als ob seine reiche, melodische Stimme sie umarmte. Der Mann konnte protestieren, so viel er wollte, doch er war so talentiert, dass sie neidisch war. Aber auf eine gute Art und Weise.

Doch es war mehr als das. Wie sie vermutet hatte, fingen seine fabelhaften, intensiven Augen das Licht ein und reflektierten es, als er sich dem Scheinwerfer zuwandte. Und wenn er sang, ließ er sie jedes Wort glauben und spüren. Er hatte eine Gabe, und sie war sich sicher, dass jeder im Publikum sie spüren und sehen würde.

Doch als er das Lied beendet hatte, lächelte sie nicht mehr. Sie saß schweigend und ehrfürchtig da.

Dieser Mann sollte im Radio zu hören sein!

Das war alles, was sie denken konnte. Wie würde er klingen mit Musik und Studioeffekten im Hintergrund?

Er senkte das Mikrofon und grinste schief, nur eine Seite seines Mundes zuckte, als wollte er sagen: „Das war's, ist nicht viel."

Nicht viel? Sie hatte Gänsehaut. Sie blickte zu ihm auf und sagte das Erste, was ihr in den Sinn kam. „Deine Kühe können sich glücklich schätzen."

Er lachte. „Das ist Ansichtssache."

„Meine Güte, Ross, was hast du dir dabei gedacht? Du gehörst auf diese Bühne!"

Er sah weniger als beeindruckt von ihrem Schwärmen aus. „Wo wir von Bühne sprechen, fair ist fair", sagte er gedehnt. „Hüpf auf die Bühne, und gib mir eine kleine Show. Ich weiß, dass du geprobt hast, und ich weiß, dass bald die offiziellen Proben anfangen, aber ich will eine Vorschau."

Sugars Magen überschlug sich und – zum ersten Mal in ihrem Leben fühlte sie sich unsicher. Aber sie war mehr als bereit, auf dieser Bühne zu arbeiten. Und sie brauchte wirklich etwas, um ihre Gedanken von Ross abzulenken. Sie war sich nur nicht sicher, was er von ihrem Programm halten würde. Es war eigenes Material und so gar nicht das, wovon sie geglaubt hatte, dass sie es jemals tun würde. Er beobachtete sie mit aufmunternder Miene, also holte sie tief Luft.

„Okay, hier ist, woran ich gearbeitet habe. Denk daran, das habe ich alles selbst geschrieben." Sie verzog das Gesicht. „Und es war überhaupt nicht das, was ich geplant hatte, als ich in die Stadt gekommen bin … Es sind ein paar Fisch-auf-dem-Trockenen-Szenarien."

Sie sprang von ihrem Platz auf und ging auf die Bühne zu, während sie vor sich hin kicherte und das Bedürfnis hatte, lieber in ein Loch zu kriechen, als aufzutreten. „Ich habe einfach eines Nachts angefangen, darüber zu schreiben, wie ich nach Mule Hollow gekommen bin. Weißt du, wie anders ich die Dinge betrachtet habe. Und da es so sein musste, dass ich hauptsächlich die Schauspielerei übernehme … nun, habe ich mit diesem Stück angefangen. Ich bin nicht ganz zufrieden damit, aber ich denke, es könnte funktionieren."

„Sugar …"

Sie hörte auf zu reden und sah ihn an. Ihr war mulmig zumute und ihre Handflächen waren klamm.

„Hör auf zu reden und tu's einfach. Ich bin sicher, es ist großartig."

Sie atmete noch einmal tief durch, schluckte, um ihre plötzlich trockene Kehle zu benetzen, und nickte. „Okay, also los geht's. Du sitzt da drüben."

„Machst du Witze? Ich gehe nach oben, um die

Scheinwerfer auf dich zu richten."

Sie lachte und schob ihre Angst beiseite. „Dann steig da hoch, Mister", sagte sie und zwang sich, ruhig zu klingen. „Schließlich wird gerade ein Star geboren … natürlich nach dir. Ich glaube, du musst nur ein Lied singen und allen anderen die Show stehlen."

Er schnaubte und kletterte zurück auf den Heuboden. Draußen war die Sonne zwischenzeitlich untergegangen. Als er die Scheinwerfer einstellte, beruhigte sich Sugars Nervosität und wurde durch pures Adrenalin ersetzt. Das war ein Gefühl, das sie kannte, liebte und für das sie lebte. Sie blickte über die Sitzbänke, die im Schatten lagen, und dann hinauf zu Ross. Wegen der grellen Lichter konnte sie ihn nicht mehr sehen. Es war, als wäre sie in ihrer eigenen kleinen Welt. Eine Welt, die sie liebte.

Sie atmete langsam ein, dann wieder aus und ließ alle anderen Gedanken los. Sie schloss die Augen und rief die Worte, die sie geschrieben hatte, auf, fühlte die Emotionen, die darin eingefangen waren, als sie noch einmal einatmete und ihre „Zone" suchte.

Dann öffnete sie die Augen und fing an, das zu tun, wofür sie geboren wurde …

Sie haute ihn um! Die Frau war besser als jede andere, die er je gesehen hatte! Sie war amüsant, total faszinierend … und er hasste ihre Show von ganzem Herzen. Doch es hatte nichts mit ihrer Fähigkeit zu tun.

Ross stand einfach nur da, als sie fertig war, sein Innerstes voller widersprüchlicher Emotionen. Er konnte sich nicht bewegen. Sugars Monolog darüber, in eine typisch amerikanische Kleinstadt zu kommen und die Zivilisation hinter sich zu lassen, wäre wahrscheinlich ein großer Hit. Doch es fehlte etwas. Sie war besser als ihre Show, das war sicher. Andererseits konnte es sein, dass ihm die Geschichte einfach nicht gefiel. Die Szenen sagten laut und deutlich, woraus Sugar selbst keinen Hehl machte: Sie war kein Mädchen aus einer Kleinstadt.

Die drei Szenen, die sie für ihn gespielt hatte, zeigten mit großer Finesse den Schock und das Grauen eines Stadtmädchens, das aufs Land gekommen ist. Sie zeigte eine grandiose Kombination aus komödiantischem Timing und purer, großartiger Bühnenpräsenz. Trotz seiner Unzufriedenheit mit dem Inhalt lachte er sogar. Es war unmöglich, es nicht zu tun. Mit etwas Feintuning hatte sie einen Hit. Trotzdem zeigte ihm jede Szene, dass er sich keine Hoffnungen machen sollte, dass sie hierbleiben würde. Und egal wie er es leugnete, er wusste, dass es das war, was an ihm nagte. Deshalb hasste er die Show. Es hatte persönliche Gründe ... und das war nicht gut. Überhaupt nicht gut.

„Also, was denkst du?", rief sie. „Tango mit den Bibern."

Er schluckte schwer. „Du bist talentiert, Sugar Ray. Sehr talentiert." Er konnte den weniger als begeisterten Ton in seiner Stimme hören und hatte Angst, dass sie ihn auch bemerkt hatte.

Er wandte sich von ihr ab, um die Ausrüstung mit einem Tuch zu bedecken, da er nicht wollte, dass sie seine Bestürzung sah. Sie würde so schnell wie möglich hier verschwinden. Und er half ihr dabei. Hollywood war verrückt, weil es die Schönheit und das Talent dieser Frau nicht erkannte.

Mit bleiernen Füßen kletterte er die Leiter hinunter. Sie wartete unten auf ihn und starrte auf die dunkle Bühne. Er kämpfte gegen den Drang an, einen Arm um ihre Schultern zu legen und sie zu umarmen, als sie ihn ansah, ihr Gesichtsausdruck voller Staunen.

„Das war unglaublich. Ich habe mich fast gefühlt wie damals, als ich mich für meine Großmütter verkleidet und eine Show mit nichts anderem als einem Karton als Requisite veranstaltet habe. Bevor ich so besessen davon war, ein Star zu werden. Es hat sich natürlich und frei angefühlt … und fabelhaft."

Sie war fabelhaft. Er hakte seine Daumen in seinen Gürtel, damit er nicht nach ihr greifen konnte. „Ich weiß, was du meinst", sagte er und fühlte sich ihr in diesem Moment so nahe wie noch nie zuvor. „Das habe ich gefühlt, als ich zum ersten Mal auf dem Knie meines Großvaters gesungen habe. Irgendwo auf dem Weg habe ich dieses Gefühl verloren." Er sah auf die dunkle Bühne. „Doch ich habe es heute Abend wieder gespürt, als ich für dich gesungen und dir dann bei der Performance zugesehen habe", gab er zu. „Ich hatte vergessen, wie sehr es mir früher gefallen hat." Es war so. Auch wenn ihn ihre Sketche störten, er hatte diese Befriedigung in sich aufsteigen gespürt, als er sie beobachtet und für sie gesungen hatte.

„Dann sei mein Held. Wenn du mein Held wärst, weiß ich, dass ich mir den Rest der Show einfallen lassen könnte. Wir wären großartig zusammen."

„Nein." *Auf keinen Fall!* „Du gibst einfach nicht auf, oder?"

„Nein. Ich denke, die Show braucht noch was. Ich mag die Sketche, aber das ist nur ein Aufwärmen. Es fühlt sich nicht wie eine echte Show an. Ich muss mir noch was einfallen lassen, was die Cowboys angeht. Und ich brauche einen bestimmten Cowboy, der wie Kleber alles zusammenbringt."

„Wie Kleber?"

„Ja. Ich glaube, ich will eine Romanze machen. Weil das die Art von Film ist, in der ich mitspielen möchte, ist es nur logisch."

Romanze? „Nein. Ich bleibe dabei, Sugar. Rechne nicht damit, dass ich mehr machen werde.”

Sie stützte ihre Hände in ihre Taille und schob eine Hüfte vor, während sie ihn ansah.

„Hör sofort auf”, schnaubte Ross. „Ich kann sehen, dass dein Verstand versucht, einen Weg zu finden, mich dazu zu bringen, zu tun, was du von mir willst.” Das kleine Biest hörte nie auf, zu versuchen, die Oberhand zu gewinnen. „Wird nicht passieren.” Auf keinen Fall würde er ihren Liebhaber auf dieser Bühne spielen!

Auf gar keinen Fall.

KAPITEL VEIRZEHN

Sugar knallte die Aktenschublade zu und drehte sich um, als Haley ins Büro kam.

„Hey, warum der finstere Blick? Stimmt was nicht?", fragte Haley, ließ ihre Handtasche auf ihren Schreibtisch und sich selbst auf ihren Stuhl fallen.

„Kann man so sagen. Ich brauche Ross als Hauptdarsteller in meiner Show, und er weigert sich hartnäckig. Will nicht einmal darüber verhandeln." Sugar schlug sich mit der flachen Hand an die Stirn. „Der Typ tut so, als würde ich ihn bitten, da oben zu stehen und den Romeo für mich zu spielen. Ich verstehe ihn einfach nicht."

„Sugar, der Mann hat sich bereit erklärt, dir bei der Produktion zu helfen und für dich zu singen. Er hat dir von Anfang an gesagt, dass er nicht schauspielern will."

„Und ich bin dankbar für seine Hilfe. Aber ich

brauche noch was Besonderes für die Show. Ich habe letzte Nacht meine Sketche gespielt und mich auf der Bühne so zu Hause und inspiriert gefühlt, aber ich weiß, dass ich mehr brauche, damit die Show heraussticht. Mein Herz sagt mir, dass Ross dieses Etwas ist. Er ist was ganz Besonderes."

Haley sah besorgt aus, sagte aber nichts.

„Was?", fragte Sugar.

„Du weißt, dass ich dich unglaublich liebhabe. Du bist meine Freundin, aber ... hörst du dich reden? Bei allem, was du gerade gesagt hast, ging es nur um dich. Ich glaube, ich habe das Wort *ich*, noch nie so oft in einem Atemzug gehört."

Sugar starrte ihre Freundin an. Das war nicht fair. „Ich werde mich nicht dafür entschuldigen, dass ich um das kämpfe, wovon ich glaube, dass ich es brauche, um zu bekommen, was ich will. Der ganze Grund für die Produktion ist, Aufmerksamkeit zu erregen. Wenn ich nicht versuche, den Besten zu bekommen, kann ich genauso gut gleich aufhören. Und Ross Denton ist der Beste. Der Mann macht eine Aussage, allein schon, indem er nur einen Raum betritt. Auf der Bühne kommt er als pure Magie rüber. Ich weiß das."

„Okay, Wildkatze. Beruhige dich." Haley hob kapitulierend die Hand. „Ich verstehe, was du sagst. Und *ich* kann nur sagen, der arme Kerl könnte jetzt genauso gut gleich nachgeben. Eines ist sicher, das Abendessen verspricht morgen Abend interessant zu werden."

Sugar blinzelte. „Oh Gott, das habe ich ganz vergessen! Wir haben gestern Abend den ganzen Rückweg in die Stadt nicht geredet." Sie kaute auf der Innenseite ihrer Lippe. „Ich war so frustriert, dass ich nicht einmal an morgen Abend gedacht habe." Sie war zu genervt gewesen. „Ich habe keine Ahnung, ob es noch stattfindet oder nicht."

„Natürlich tut es das. Ich akzeptiere keine Ausreden. Will lässt heute schon seine dicksten Steaks marinieren, und er ist ein ausgezeichneter Griller. Ihr zwei arbeitet zusammen – ihr müsst einfach darüber hinwegkommen und weitermachen. Das Abendessen bei uns wird dabei helfen, und dann beginnen die Proben, und alles wird gut. Nicht wahr?"

Sugar war sich nicht so sicher, ob alles gut werden würde … aber wenn sie diese Show zum Laufen bringen wollte, musste sie das schnell hinter sich bringen. „Du hast Recht", sagte sie, schnappte sich das Telefonbuch und blätterte darin, bis sie Ross' Telefonnummer fand. Dann nahm sie das Telefon und wählte seine Nummer.

„Wen rufst du an?", fragte Haley und bemerkte das Leuchten in ihren Augen.

„Mein Date." Sie bedeutete ihrer Freundin, still zu

bleiben, als er ans Telefon ging. „Hi Ross, ich bin's, Sugar."

„Hi." Seine Überraschung schallte laut und deutlich aus dem Hörer.

„Ich wollte anrufen, weil ich nicht sicher war, ob du dich daran erinnerst, dass wir morgen Abend bei Haley eingeladen sind."

„Das habe ich nicht vergessen."

Er klang überhaupt nicht erfreut darüber. „Soll ich dich da treffen?"

„Sugar, ich hole dich um sieben ab. Wir müssen nicht beide den ganzen Weg zu Will und Haley rausfahren. Vor allem nicht, da ich dich auf dem Weg dorthin abholen kann."

„Gut. Wie könnte ein Mädchen nein sagen, wenn du das so sagst?" Sie legte den Hörer auf und funkelte Haley an, die lächelte. „Sag bloß nichts."

Haley sagte nichts. Stattdessen kicherte sie.

Sugar trug ihr Lieblingssommerkleid und hatte sich gerade die Haare gekämmt, als Ross an ihre Tür klopfte. Sie hatte angefangen, sich ein wenig schlecht zu fühlen, weil sie ihm so auf die Nerven gegangen war, dass er ihren Helden spielen sollte. Vielleicht *war* sie egoistisch. Sie warf einen letzten Blick in den Spiegel und sagte sich, sie solle sich benehmen. Dann ging sie zur Tür und öffnete sie.

Ross hielt seinen Hut in den Händen und sah wie ein Held aus.

„Hallo", sagte er. „Bist du bereit?"

„Nein. Ähm, bevor wir gehen, muss ich sagen, dass es mir leidtut, wie ich dich wegen deiner Rolle in meiner Show genervt habe. Ich werde aufhören. Haley hat mir gesagt, dass ich egoistisch bin."

Er zog eine Braue hoch. Sugar fragte sich, ob er es so vor dem Spiegel geübt hatte wie sie oder ob er mit diesem Talent zur Welt gekommen war. Sie würde ihn irgendwann fragen müssen … aber nicht jetzt.

„Vielleicht war ich das auch", fügte sie hinzu, als er nichts sagte.

„Ich glaube, ich fange an zu verstehen, warum dein Agent dir verboten hat, vor der Haustür der Produzenten zu kampieren." Zu ihrer Überraschung lächelte Ross – was Sugar zum Lächeln brachte.

„Ich weiß, dass ich ein bisschen nervig sein kann. Ich verspreche, mich heute Abend zu benehmen. Ich habe mir in meinem Badezimmerspiegel streng die Leviten gelesen und geschworen, dass ich nett zu dir sein werde."

„Dann kann ich heute Abend wohl aufatmen, aber an den anderen Tagen muss ich weiter aufpassen?"

Sie warf ihm ein Lächeln zu und antwortete absichtlich nicht, als sie die Treppe hinunterging.

Trotz ihrer Entschuldigung war Ross nicht sehr gesprächig, als sie die fünfzehn Meilen zu Haleys Haus fuhren. „Also, was hast du heute gemacht?", fragte sie. „Mit meinen kleinen Ninja-Freunden gespielt?"

„Hatte heute keine Zeit, mit ihnen zu spielen. Stattdessen habe ich Cowboy gespielt."

Sie studierte sein Profil. „Ich habe dich noch nie auf einem Pferd gesehen ... tatsächlich habe ich nur einen Mann auf einem Pferd gesehen, seit ich in die Stadt gekommen bin. Und das auch nur aus der Ferne."

Ross lachte. Das Geräusch durchfuhr sie auf die angenehmste Art und Weise.

„Du bist nicht gerade viel draußen unterwegs. Du bist normalerweise entweder bei der Arbeit oder in der Scheune. So wie ich es gesehen habe machst du nichts, was nichts mit deiner Arbeit oder dieser Produktion zu tun hat."

„Ich war bei Sam und in der Kirche, aber der Tag hat nur 24 Stunden. Wenn ich das schaffen will, muss ich am Ball bleiben."

„Hast du in Hollywood auch so gelebt?"

Sie zuckte mit den Schultern. „Grundsätzlich. Ich habe Teilzeit als Haleys Assistentin gearbeitet, bin zu Vorsprechen gegangen und hatte abends

Schauspielunterricht. Ich habe es geliebt. Ich hätte es noch mehr geliebt, wenn jemals etwas dabei herausgekommen wäre. Aber trotzdem habe ich jede Minute genossen."

„Was hast du zum Spaß gemacht?"

„Das hat Spaß gemacht."

„Ich bewundere deinen Drive und deine Entschlossenheit, aber ich frage mich langsam, wie ausgewogen dein Leben ist."

Sugar hatte das schon einmal gehört. Angehörige ihrer Familie hatten schon oft dasselbe angesprochen. „Schau, mach dir keine Sorgen um mich und mein Gleichgewicht. Du klingst wie meine Eltern und meine Brüder. Ich bin vielleicht ein bisschen ehrgeizig, aber so bin ich eben. Ich kenne keinen anderen Weg."

Er sagte nichts mehr, als er durch den schönen Eingang zu Wills und Haleys Anwesen fuhr. Sugar betrachtete das komplizierte Eisentor und versuchte, Ross' Worte nicht an sich heranzulassen.

„Will ist sehr talentiert, nicht wahr?"

„Das definitiv. Er ist auch fleißig und bekommt von überall Aufträge für seine Arbeit." Als Ross anhielt, kam Haley winkend aus dem Haus. Sugar war erleichtert, als sie aus dem Truck stieg. Sie mochte es nicht, von ihm beurteilt zu werden.

Die nächsten Stunden waren lustig. Es war mehr als

offensichtlich, dass Haley und Will glücklich waren. Sie zusammen zu sehen beseitigte alle noch bestehenden Vorbehalte, die Sugar hatte, seit ihre Freundin hierhergezogen war.

Nachdem sie gegessen hatten, führte Will sie in seine Werkstatt und überraschte sie mit einem Schild, das er für das Theater gemacht hatte.

„Oh Will, ich kann nicht glauben, dass du das für mich gemacht hast. Es ist perfekt!" Sie hatte das Theater einfach *The Barn Theatre* genannt, und Will hatte eine Nachbildung von Ross' Scheune angefertigt mit einem schön geschwungenen Schriftzug darauf. Er hatte mit seinem Schweißbrenner etwas Schlichtes, aber Perfektes aus wunderschönem schwarzem Eisen geschaffen.

Sie sah Ross an. Er schien von dem Geschenk genauso berührt zu sein wie sie. Sie umarmte Will, dann Haley. „Danke euch beiden für alles, was ihr getan habt. Das bedeutet mir so viel. Aber das … das ist fantastisch."

„Wir hängen es morgen auf", sagte Ross, und Will nickte.

Später, als sie nach Hause fuhren, war er wieder still.

„Ich kann einfach nicht glauben, dass Will das gemacht hat. Es ist einfach unglaublich. Er ist wirklich ein toller Kerl. Weißt du, ich habe versucht, Haley dazu zu bringen, nach L.A. zurückzukommen. Ich dachte, sie hätte den Verstand verloren, als sie alles für ihn aufgegeben hat ... aber hast du sie zusammen gesehen? Als ob sie wirklich einfach zusammengehören."

„Was ist mit dir, Sugar? Suchst du nach Liebe?"

Sie musterte Ross' Gesicht, das vom schwachen Licht des Armaturenbretts erhellt wurde. „Eines Tages schon, aber nicht jetzt."

„Nicht, bis du berühmt bist", beendete er für sie.

„Genau." Aus irgendeinem Grund fühlte sie sich defensiv. Vielleicht war es der Blick, den er ihr zuwarf. „Daran ist nichts falsch."

„Ich habe nicht gesagt, dass es falsch ist."

„Warum hast du mich dann so angesehen?"

„Weil ich nicht aufhören kann, darüber nachzudenken, worüber wir heute Abend gesprochen haben. Hattest du jemals ein Leben, das nicht darauf ausgerichtet war, deinen Traum zu verwirklichen?"

Was war sein Problem? „Warum bist du plötzlich so besessen von meinem Leben?"

„Ich frage mich nur, warum alles, was du tust, auf dieses eine Ziel ausgerichtet ist. Das ist nicht gesund. Du brauchst etwas, um das einseitige Leben, das du dir aufgebaut hast, auszugleichen."

Sie hatten ihre Wohnung erreicht, doch sie stieg

nicht aus. Was bildete er sich ein, wer er war, sie und ihr Leben zu beurteilen? „Ich bin zielstrebig."

„Und unausgeglichen."

„Und was geht dich das an? Ich habe dich gebeten, dich an meiner Show zu beteiligen. Ich habe dich nicht gebeten, mir zu sagen, wie gesund oder ungesund mein Leben ist. Ich habe reichlich Familie, die das schon tut, herzlichen Dank!"

Ihr Herz pochte, und ihre Handflächen waren feucht. Es war das gleiche Gefühl, das sie bekam, wenn diese abscheuliche Stimme ihr sagte, sie solle ihren Traum vergessen. Was machte es schon, wenn sie keine Ahnung hatte, was sie tun würde, wenn sie es nicht schaffte? Was, dass sie sich außer ihrer Familie und Haley nie die Zeit genommen hatte, viele Freunde zu finden oder anderen Interessen nachzugehen? Was, dass sie sich verloren fühlte, wenn sie nur an ein mögliches Versagen dachte? Es war alles nur noch mehr Treibstoff, um ihren Traum zu verwirklichen.

„Du denkst also, einen Ehemann zu finden, würde meinem Leben plötzlich einen Sinn geben? Dass ein bisschen Romantik mich zu einem ausgeglicheneren, gesünderen Menschen machen würde?"

„Hör zu, Sugar, vergiss, was ich gesagt habe. Ich habe mir nur Sorgen um dich gemacht. Ist das so schlimm? Du verschließt dich allem gegenüber, außer diesem Traum. Ich sehe dich manchmal an und sehe immer noch das einsame kleine Mädchen, das auf dem Sofa festsitzt, mit nichts als seiner Fantasie, weil es nicht aufstehen und sein eigenes Leben leben kann."

Sugar schwang die Trucktür auf und sprang hinaus. „Mach dir keine Mühe", knurrte sie, als er aussteigen wollte.

„Gute Nacht, Sugar", sagte er und blickte geradeaus.

Oh! Sie schlug die Tür zu und stapfte die Treppe hinauf. Als sie die oberste Stufe erreichte, drehte sie sich um und sah, wie seine Rücklichter in der Nacht verschwanden. Sie war froh, ihn gehen zu sehen. Der Lebenszweck dieses Mannes war offensichtlich, sie zu reizen, und er irrte sich, was ihr Leben anging. Sehr sogar.

Ross mochte sich irren, doch sie konnte nicht schlafen, da seine Worte sie immer wieder plagten. Er hatte angedeutet, dass sie Angst hatte – Angst davor, ihren Traum aufzugeben. Die Tatsache, dass er den Gedanken, der sie monatelang beschäftigt hatte, irgendwie erraten hatte, passte ihr nicht wirklich. Sie warf sich herum, starrte in das Mondlicht, das sich an der Decke spiegelte, und stöhnte. Also, was würde passieren, wenn sie nicht den großen Durchbruch bekam? Schon bei der Frage wurde ihr übel.

„Herr", flüsterte sie und schloss die Augen. „Wenn das nicht das ist, was du für mich geplant hast, was dann? Was?"

Es war eine Frage, die sie Gott noch nie zuvor gestellt hatte. Und dabei fühlte sie sich jetzt so exponiert … und ängstlich.

KAPITEL FÜNFZEHN

Sugar kam am nächsten Morgen zu spät zur Kirche. Sie war einfach nicht schnell genug fertig geworden. Als sie die Sonntagsschule für Singles betrat, war der Raum voll und der einzige freie Stuhl stand neben Stacy. Sugar ging im Kopf alles durch, was sie über die Frau wusste. Stacy arbeitete gegenüber dem Immobilienbüro im Süßwarenladen und lebte im Frauenhaus, das Dottie und Sheriff Brady auf ihrer Ranch eingerichtet hatten. Sie war an dem Tag, an dem Sugar in der Stadt angekommen war, mit den anderen Frauen vorbeigekommen, doch sie hatte sich zurückgehalten und kaum gesprochen. Sie sagte auch jetzt nichts, sondern lächelte nur, als Sugar flüsterte: „Guten Morgen."

Sugar nahm die Seite mit dem Lesematerial, die Sheriff Brady, der Sonntagsschullehrer, ihr gab, dann sah sie sich kurz um. Ross war nicht da. Er war auch fünfundvierzig Minuten später nicht beim Gottesdienst, stellte sie fest. Sie konnte nicht umhin, sich zu fragen, warum.

Als die Kirche zu Ende war, lehnte sie alle Einladungen zum Mittagessen ab und ging stattdessen nach Hause. Sie hatte keine Lust auf Gesellschaft. Was sie wirklich wollte, war, in die Scheune zu gehen und zu sehen, ob Will und Ross das Schild aufgehängt hatten. Doch sie ging nicht. Nein. Sie konnte den Gedanken nicht loswerden, dass Ross die Kirche verpasst haben könnte, weil er sich über sie geärgert hatte. Sie wollte glauben, dass es etwas anderes war, das ihn vom Kommen abgehalten hatte. Wie er sagte war die Rancharbeit manchmal ein Job, der sieben Tage die Woche in Anspruch nahm. Am Ende entschied sie, dass sie und er vielleicht beide etwas Distanz brauchten. Ein bisschen Luft zum Atmen.

Anstatt also in die Scheune zu gehen, ließ sie sich in ihrer Wohnung auf das Sofa fallen und las Skripte, bis ihre Augen brannten.

Sie konnte es nicht erwarten, schlafen zu gehen.

Es gab einfach ein paar Tage, die man gern hinter sich ließ. Dies war einer von ihnen. Sie konnte nur hoffen, dass sie besser gelaunt aufwachen würde. Zu ihrer großen Überraschung schlief sie fast in dem

Moment ein, in dem ihr Kopf das Kissen berührte. Doch noch überraschender war, dass sie träumte. Sugar war normalerweise kein großer Träumer.

Sie hatte immer gewitzelt, dass Gott entschieden hatte, dass sie die Nacht brauchte, um ununterbrochen zu schlafen, da sie tagsüber so viel träumte. Wenn sie nicht gestresst war, schlief sie normalerweise wie ein Stein, flach auf dem Bauch. Aus diesem Grund nahm sie an, dass sie vor ihrem fünfzigsten Lebensjahr an wie eine verschrumpelte Traube aussehen würde, wenn sie keinen Weg fand, sich zu zwingen, auf dem Rücken zu schlafen.

Als sie am Montagmorgen vor Tagesanbruch auf dem Rücken ausgestreckt aufwachte, war sie überrascht – und dachte nicht an Falten. Sie dachte an den Traum, den sie gehabt hatte. Was für ein schöner Traum!

Ein *lustiger* Traum.

Es ging um ein Mädchen, das in diese verrückte Stadt zieht und sich in einen singenden Cowboy verliebt! Es war eine perfekte romantische Komödie mit dem Mädchen von nebenan, und sie war die perfekte Schauspielerin, diese Rolle zu spielen. Nicht, dass das Mädchen wirklich sie war – auf keinen Fall. Sie hatte sich nicht in Ross Denton verliebt. Aber dennoch ähnelte die Handlung dem, was zwischen ihnen vorgegangen war. Während des Traums kamen die

Sketche, an denen sie gearbeitet hatte, endlich als Ganzes ins Spiel, und sie begriff. Es waren keine separaten Vignetten, sondern Szenen des Stücks, nach dem sie gesucht hatte! Es war plötzlich klar, wie all die Teile zusammenpassten, und sie fragte sich, warum sie es nicht viel früher gesehen hatte.

Sugar hatte noch nie in ihrem Leben den Drang verspürt zu schreiben – abgesehen von diesen Sketchen, an denen sie mühsam gearbeitet hatte –, doch jetzt fühlte sie sich inspiriert. Das war *ihre* Show, und sie wusste es. Und sie *musste* alles zu Papier bringen. Sie wachte mit großen Augen auf, mit all dem Geklirr in ihrem Kopf, und stürzte sich wie eine Wahnsinnige aus dem Bett und rannte im Laufschritt ins Badezimmer. Sie putzte sich die Zähne, band ihre Haare zu einem Pferdeschwanz zurück, stolperte und zog sich in Windeseile an, dann sprintete sie die Treppe hinunter. Es war halb fünf Uhr morgens, als sie sich in ihren Bürostuhl warf und ihren Computer einschaltete.

Sie hatte dieses Gefühl noch nie zuvor gehabt – es war nicht verschwommen. Sie hatte eine ausgewachsene Geschichte in ihrem Kopf, und sie wollte unbedingt raus. Es spielte keine Rolle, dass sie nicht wusste, wie man ein Theaterstück schrieb – sie begann einfach zu tippen.

Erstaunt beobachtete sie, wie ihre Finger über die

Tasten flogen. So einfach wie den Wasserhahn aufzudrehen und das Wasser laufen lassen, flossen die Worte auf den Bildschirm.

Es war das Coolste, was ihr je passiert war. Der Traum erwachte zum Leben wie ein Film. Und obwohl sie die Romanze sicherlich nicht lebte, wusste sie, dass die Spannung zwischen ihr und Ross diese Emotion antrieb. Offensichtlich hatte es ihr Unterbewusstsein berührt. Gott war gut. Sie beobachtete mit Erstaunen und Dankbarkeit, wie ihre Show vor ihren Augen Formen annahm.

Als Haley um zehn ins Büro kam, wartete Sugar mit einem albernen Grinsen im Gesicht und einem Stapel Papiere vor sich auf sie. Das Skript brauchte noch den einen oder anderen Feinschliff, doch es war geschafft.

„Setz dich ", sagte Sugar, sprang auf und holte weitere Seiten aus dem Drucker.

„Was ist los?"

„Gutes. Wunderbares. Weißt du, dass ich gejammert habe, dass ich nicht weiß, was ich tun würde? Nun, jetzt weiß ich es." Sie klatschte die Seiten auf den Schreibtisch vor Haley. „Lies das, und dann sag mir, was du von meinem Stück hältst."

Haleys Augen weiteten sich. „*Das* hast du geschrieben?"

„Ja, habe ich." Sugar strahlte. Sie hatte das Gefühl,

ihre Brust würde explodieren. „Es ist eine grobe Version, ich weiß, aber bitte sag mir, was du denkst. Es ist einfach zu mir gekommen. Es war wie eine Explosion in meinem Kopf, als ich heute Morgen aufgewacht bin."

Haley hob den Seitenstapel auf und lehnte sich in ihrem Stuhl zurück. „Das dürfte interessant werden."

Immer noch staunend, aber plötzlich erschöpft von der Erfahrung ging Sugar zu ihrem Schreibtisch und sackte auf ihrem Stuhl zusammen. Was war das für ein Rausch gewesen! Sie nahm einen Bleistift und kaute darauf, während sie auf Haleys Reaktion wartete.

Sie musste nicht lange warten. Innerhalb von Sekunden kicherte ihre Freundin.

Sugar lächelte. Das war gut.

Ein paar Sekunden später brach ein weiteres Kichern aus.

Dann schnaubte sie – *schnaubte*. Dann kicherte sie wieder.

Sugar begann zu grinsen. Das war alles, was sie brauchte. Was machte es schon, wenn es ein grobes Skript war. Es bekam die Reaktion, die sie wollte, und Sugar wusste, dass sie es auf der Bühne zum Leben erwecken konnte. Alles, was sie tun musste, war Ross dazu zu bringen, ihr Held zu sein. Oh ja, sie war bereit für das Feuerwerk, aber er musste die Rolle übernehmen. Es gab einfach keinen Weg drum herum. Diese Rolle war seine.

Sicher, er hatte ein Problem mit der Schauspielerei, aber wie oft hatte er schon eingelenkt? Wenn auch nach einem ordentlichen Kampf. Er war wirklich ihr lebender, atmender, wahrhaftiger Held, und sie konnte nur hoffen, dass er seine Meinung ändern würde, sobald er das hier las.

Alles, was sie tun musste, war, ihn dazu zu bringen, es zu lesen.

„Nein. Wir haben das doch schon hundertmal durch, Sugar."

Ross hatte gewusst, dass ihm Ärger drohte, als Sugar in die Scheune gestürmt war. Er hatte mit Applegate und Stanley gesprochen, und die alten Käuze hatten jetzt viel Spaß dabei, sich den Showdown anzusehen.

„Ja, das haben wir", schnaubte Sugar. „Und es macht mir nichts aus, dir zu sagen, dass ich gestern dank dir einen absolut schrecklichen Tag hatte, Kumpel. Unser kleines Gespräch hat mich unglaublich aufgewühlt. Aber weißt du was? Ich habe zugegeben, dass ich Angst habe. Ich habe kein anderes Leben als dieses, und es wäre ziemlich deprimierend, sollte ich scheitern. Also, ja, ich weiß nicht, was mit meinem Leben passieren wird. Aber weißt du was? Ich will Schauspielerin werden, und wenn ich scheitere, werde ich es tun und wissen, dass ich alles gegeben habe. Wir müssen uns gerade mit viel auseinandersetzen, der Herr und ich. Dinge, mit denen ich mich befassen musste, und das liegt zum Teil daran, dass du mich so wütend gemacht hast. Also danke", sagte sie. „Ja wirklich."

Wieder einmal hatte sie das Unerwartete gesagt, und Ross geriet ins Wanken.

Sie wedelte mit den Seiten, die sie ihm entgegenhielt. „Bitte lies das. Wenn ich keine Schauspielerin werden soll, dann akzeptiere ich das, wenn es sein muss", sagte sie leise. „Aber ich gebe nicht kampflos auf, und du *musst* die männliche Hauptrolle in meiner Show spielen. Ich weiß, dass das viel verlangt ist, und dass du dir Zeit von deiner Ranch abzwacken musst, aber ich werde dir helfen und mich um die Kühe kümmern, wenn es sein muss, um deine Hilfe zu bekommen."

„Sugar, ich versuche, dir alles zu geben, was ich habe, aber ich habe dir schon gesagt, dass ich kein guter Schauspieler bin. In der Show meiner Familie habe ich gesungen. Das war mein Talent. Und ja, manchmal habe ich den ernsten Mann für unseren Komiker gespielt, aber das hat nur funktioniert, weil ich eben *nicht* schauspielern konnte, und es war lustig. Verstehst du das nicht?"

„Ich verstehe es." Sie wedelte wieder mit den Papieren. „Bitte, sieh es dir einfach an. Und dann sag nein, wenn du es immer noch nicht willst."

Er hatte den ganzen Sonntag damit verbracht, nach einem vermissten Kalb zu suchen, und es hatte ihm viel Zeit gegeben, über Sugar nachzudenken. Er hatte bei ihrem letzten Gespräch eine Grenze überschritten, und das hatte ihn aufgefressen. Trotz seiner Bemühungen war sie ihm nicht egal. Diese Rolle zu übernehmen würde ihm nicht helfen, gegen seine Gefühle anzukämpfen. Aber sie hatte sich offensichtlich mit einigen schwierigen Dingen auseinandergesetzt, weil er so hart zu ihr gewesen war, und es konnte nicht schaden, ein Skript zu lesen, oder? Es war nicht so, als ob er die Rolle tatsächlich übernehmen würde. Er konnte nicht gut genug spielen, um irgendeine Art von Hauptrolle zu übernehmen.

„Komm schon, Sohn", donnerte Applegate. „Das Mindeste, was du tun kannst, ist, das Ding zu lesen."

„Ja", fügte Stanley ebenso laut hinzu. „Wenn Sugar bereit wäre zu scheitern, weil du nicht schauspielern kannst, dann solltest du keine Angst haben es auszuprobieren."

Sugar lächelte, und ihre Augen leuchteten

aufrichtig. „Wenn es darum geht, sich auf der Bühne zu blamieren, musst du dir keine Sorgen machen. Ich verspreche, dass ich dich gut aussehen lassen werde." Sie wedelte wieder mit dem Skript.

Sie konnte jeden gut aussehen lassen. Ross starrte auf seine Stiefel hinab und seufzte frustriert, dann streckte er die Hand aus. „Ich werde es lesen."

Ihr Lächeln strahlte, als sie die Seiten in seine ausgestreckte Hand legte. „Ich verspreche dir, es wird dir gefallen."

Mit einem unguten Gefühl ließ er sich am Bühnenrand nieder. Sie rührte sich nicht, und er blickte auf, in der Erwartung, einen selbstgefälligen Ausdruck auf ihrem Gesicht zu sehen. Er war überrascht, dass sie fast verletzlich aussah, als sie dastand und ihn beobachtete.

Faszinierter als er zuzugeben bereit war, hielt er den Mund und begann zu lesen.

Er war noch nicht mit der ersten Seite fertig, als ihm bewusst wurde, dass sie über ihn schrieb. Zumindest war er sich ziemlich sicher, dass er es war. Es kostete ihn jedes Quäntchen Kontrolle, nicht aufzublicken und sie direkt zu fragen, ob er dieser „singende Cowboy" war. Doch er musste nicht fragen. Sie hatte ihn perfekt beschrieben.

Jede Zeile war etwas, das er sagen würde – oder zu

ihr gesagt hatte.

Dazu kam, dass es lustig war. Nicht nur lustig, sondern es machte richtig Spaß.

Als er mit dem Lesen fertig war, war sie auf die Bank zwischen Applegate und Stanley gesunken. Alle drei sahen ihn erwartungsvoll an.

„Du hast es gehasst", sagte sie.

„Wie kommst du darauf?"

„Du hast nicht gelacht. Nicht einmal gekichert."

„Definitiv nicht", schnaubte Applegate.

Stanley nickte.

Ross hatte den Drang, sie zu necken, lächelte jedoch stattdessen und stieß das Lachen aus, das er beim Lesen des Drehbuchs unterdrückt hatte. „Es war lustig", nickte er. „Also bekomme ich das Mädchen am Ende, hm?"

Ihre Augen leuchteten. „Ja! Ja! Du kriegst das Mädchen", rief sie aus, sprang von der Bank und schlang ihre Arme in einer heftigen, jubelnden Umarmung um seinen Hals.

Seine Arme legten sich automatisch um sie und hielten sie fest. Über ihre Schulter hinweg sah er App und Stanley wie Hyänen grinsen. Die alten Käuze wussten genauso gut wie er, dass er in großen Schwierigkeiten steckte.

Er hatte gerade zugestimmt, Sugars Angebeteten zu

spielen. Er würde auf dieser Bühne stehen und Abend für Abend so tun, als würde er sich in sie verlieben … und ehrlich gesagt, es würde das Schwierigste sein, was er je getan hatte.

Abgesehen davon, dass sie wunderschön, lustig und sympathisch war, war sie auch eine sehr talentierte Schauspielerin. Er würde hart arbeiten müssen, um nicht den Verstand zu verlieren. Sich daran erinnern, dass, wenn er auf dieser Bühne ihren Partner spielte, nur seine Rolle sie am Ende bekam. Nicht *er*.

Realität und Fiktion getrennt zu halten, würde schwierig werden, weil er gestern etwas erkannt hatte. Als er auf der Suche nach diesem verlorenen Kalb über seine Weiden gestreift war, hatte er akzeptiert, dass auch er verloren war. Egal, was er sich einredete oder wie sehr er es zu leugnen versuchte, er war dabei, sich in Sugar zu verlieben.

KAPITEL SECHZEHN

Ross begegnete Sugars tanzenden Augen und wusste, dass er nicht leugnen konnte, dass er sie gern so glücklich machte. Und wenn es bedeutete, das Risiko einzugehen, sich auf dieser Bühne zum Narren zu machen, dann sei's drum.

„Ich werde das tun", sagte er fest, „weil du meine Rolle als einen schlechten Schauspieler geschrieben hast, gestelzt und hölzern, und das gibt mir die Freiheit, rumzualbern." Er konnte nicht anders, als ihr ein herzliches Lächeln zuzuwerfen. „Ich kann nicht darüber hinwegkommen, dass du ihn so schreibst. Du hast wirklich ein Talent für Komödien."

„Ich weiß ehrlich gesagt nicht wie. Es kam einfach so heraus", sagte sie bescheiden. „Ich bin heute Morgen mit dem ganzen Akt hier drin aufgewacht." Sie tippte sich an die Schläfe. „Ich habe es geträumt, und glaub mir, wenn ich sage, dass ich *nicht* träume. Alle reden von Träumen, aber mir ist das nie wirklich passiert. Noch nie. Wenn ich träume, erinnere ich mich nicht daran. Also aufzuwachen und das in meinem Kopf zu haben, das war eine tolle Erfahrung."

Das Gesicht der Frau sprach Bände. Ross konnte sie stundenlang beobachten – was stimmte nur nicht mit diesen Leuten in Hollywood?

Sie hielten am Freitagabend Vorsprechen ab. Als der neue Plan bekannt geworden war, kamen die Cowboys in Scharen. Die Show würde in vier Akten präsentiert werden, mit Liedern dazwischen. Jeder Cowboy konnte sich den veröffentlichten Showplan ansehen, entscheiden, welche Show er machen konnte, und sich zu den Auftritten verpflichten, die zu seinem Zeitplan passten. Da sich das Stück um Sugar und Ross drehte, waren auch die Schauspielrollen für andere kurz und leicht zu erlernen, was bedeutete, dass sie auch ausgewechselt werden konnten. Bei so viel Flexibilität in der Show machten alle gern mit, und die Proben begannen am Samstag.

Als sie an diesem Abend in die Scheune kam, war Sugar ein Nervenbündel. Sie hatte geschrieben, umgeschrieben, optimiert und wieder optimiert, und sie dachte, sie hätte jeden Teil des Skripts so fertig wie nur möglich.

Ross hatte hart daran gearbeitet, die Umkleiden fertigzubauen. Er war ein kluger Mann, der auch einen Laufsteg vom Heuboden zum Backstage-Bereich gebaut und eine kompakte Wendeltreppe installiert hatte, die einen schnellen und einfachen Zugang zum Heuboden ermöglichte. Der Mann hatte an alles gedacht. Er überraschte sie wirklich.

Und er hatte völlig Recht, wenn er sagte, sie habe nicht gewusst, worauf sie sich einließ. Es gab tausend kleine Dinge hinter den Kulissen, die sie ohne ihn durch Versuch und Irrtum hätte lernen müssen. Allein seine Hilfe bei Ton und Licht war phänomenal. Diese Bedientafeln mit all den Schiebehebeln und Knöpfen erschreckten sie immer noch jedes Mal, wenn sie sie ansah. Doch Ross arbeitete geduldig mit App und Stanley zusammen, und auch mit Will und Bob, die sich freiwillig gemeldet hatten, um auszuhelfen. Sie brauchten Backup, nur für den Fall, dass Rückkopplungen oder Störungen auftraten, die App und Stanley nicht hören konnten. Die Hörprobleme der älteren Männer hatten Sugar beunruhigt, als sie sich freiwillig gemeldet hatten, doch so weit, so gut. Und die beiden waren so zuverlässig jeden Tag gekommen. Sie konnte ihnen nicht genug für ihre Hilfe danken – vor allem, weil sie Ross dazu gebracht hatten, die Rolle zu übernehmen.

Als die Probe begann, stellte Sugar fest, dass Ross, so fähig er auch war, nervös wirkte. Obwohl einige von ihnen erst einige Wochen nach der Eröffnung in der Show auftreten würden, waren alle, die sich Zeit nehmen konnten, zur ersten Probe gekommen, und alle Jungs waren damit beschäftigt, ihre Rollen zu lesen. Sie hatte schnell gemerkt, dass die Cowboys alle ihren Spaß daran hatten und die Idee mochten, vor Publikum zu spielen. Doch Ross, der dieses Leben zwanzig Jahre lang gelebt hatte, stand starr wie ein Fahnenmast.

„Hey, mach dich locker", sagte sie und trat neben ihn.

„Du hast leicht reden. Du kannst das."

Sie konnte nicht anders, als zu lachen. Mit all seiner Erfahrung benahm er sich, als hätte er noch nie auf der Bühne gestanden. „Lass es uns einfach machen", sagte sie. „Der einfachste Weg, damit umzugehen, ist, damit anzufangen." Sie wandte sich den anderen Cowboys zu. „Okay, Jungs!", rief sie. „Wenn ihr euch bitte alle hinsetzen würdet? Lasst uns gemeinsam unsere Teile lesen. Wenn sich jemand eine Rolle mit jemandem teilt, setzt euch zusammen und lasst uns ein Gefühl dafür bekommen, wie alles fließen wird." Sugar lächelte Ross an. „Du sitzt neben mir."

„Davon gehe ich aus. Ich erwarte, dass du mich aus diesem Loch ziehst, das ich mir selbst gegraben habe", sagte er, und seine Lippen zuckten.

Trace, der Cowboy, der das vorherige Vorsprechen als erster verlassen hatte, war als erster wieder da gewesen, als sie mit dem neuen Plan gekommen war. Er wollte einen der Cowboys spielen, die versuchten, Sugars Herz von Ross zu erobern, und als er Platz nahm, grinste er sie an.

„Verdammt, Ross, es gibt nichts, weswegen du nervös sein musst. Wenn du willst, kann ich dir zeigen, wie man Sugar zum Finale küsst."

Tief in seinem Inneren hatte sich Sugar gefragt, ob dieser Teil der Rolle Ross vielleicht störte. Sie hatte nichts dazu gesagt, doch sie hatte sich gewundert. Persönlich hatte sie sich gesagt, dass das ein professionelles Theaterstück und eine romantische Komödie war, also wurde am Ende ein Kuss erwartet. Doch es war nicht zu leugnen, dass allein beim Gedanken daran, Ross zu küssen, ihr Magen kopfstand. Jetzt warf sie ihm einen Blick zu, als er Trace mit einem finsteren Blick festnagelte.

„Ich zieh dich doch nur auf, Bruder", fügte Trace schnell hinzu, und seine eigenen Augen lachten.

„Dann ist ja gut." Ross nahm neben Sugar am Rand der Bühne Platz. „Schließlich hat sie die Rolle für mich geschrieben. Hast du doch, oder?"

Der Raum schien bei seinen Worten kleiner zu werden, und Sugar nickte langsam. Es war nichts als die Wahrheit. Jetzt war sie diejenige, die nervös war. „Aber, ähm, wir werden uns nicht wirklich küssen, bis zum Abend des Stücks."

Ross runzelte die Stirn, und die Falten um seine Augen tanzten. „Ich weiß nicht, ob das reicht. Als ich die Rolle angenommen habe, habe ich dir gesagt, dass ich kein sehr guter Schauspieler bin. Ich sollte viele Gelegenheiten haben, alles zu üben, was das Skript verlangt."

Die Cowboys johlten vor Lachen, doch als er ihr in die Augen sah, war sich Sugar nicht sicher, ob es ein Scherz sein sollte oder nicht. Und als sie ihren Blick von ihm losriss und versuchte, sich auf die Probe zu konzentrieren, war sie sich nicht sicher, ob es ein so kluger Schachzug gewesen war, diesen Kuss in das Stück zu schreiben. Ross Denton zu küssen war vielleicht das Gefährlichste, was sie je getan hatte.

Was tat er da nur? Ross konnte nicht glauben, dass er diese Bemerkung über das Küssen gemacht hatte. Und das vor der gesamten Besetzung! Er wusste, dass es keinen Mann in dieser Scheune gab, der ihn nicht ansehen und sagen konnte, dass er in Bezug auf Sugar überfordert war. Sein einziger Trost danach war, dass seine Rolle darauf ausgelegt war, steif und unbeholfen zu sein. Und den Rest der Probe an diesem Abend war es ganz ordentlich gelaufen.

Er war sich nicht sicher, ob Sugar dachte, dass er sich in die Rolle eingelebt hatte, oder ob sie bemerkte, dass er sich mit seiner Bemerkung so aus dem Konzept gebracht hatte, dass er das Drehbuch kaum lesen konnte.

Zum Glück verlief der Abend, abgesehen von dieser misslichen Lage, gut. Er hatte tatsächlich Spaß. Er genoss diese Produktion wirklich … solange er sich nicht erlaubte, daran zu denken, dass er sich mit jedem Tag, der verging, ein tieferes Loch grub und sich in Sugar verliebte.

Am Montagmorgen grinste Haley Sugar quer durchs Büro an, als sie sagte: „Will hat mir erzählt, dass die Probe neulich Abend ziemlich interessant geworden ist."

Sugar stöhnte, da sie das ganze Wochenende an kaum etwas anderes gedacht hatte. „Er hat es bemerkt, oder?"

„Jeder hat es bemerkt, Sugar. Ihr seid Stadtgespräch. Also muss ich fragen – du verschlagenes Biest – hast du den Kuss ins Skript geschrieben, damit du Ross tatsächlich küssen kannst?"

Als Haley kicherte, warf Sugar ein zusammengeknülltes Papier nach ihr. „Das ist nicht lustig."

„Ist es schon. Hast du ernsthaft gedacht, dass

niemand denken würde, dass du Ross meinst, als du die Figur in deinem Stück „Hoss" genannt hast? Ich habe dich davor gewarnt. Es war einfach zu offensichtlich."

„Offensichtlich?"

„Ja, und das weißt du. Dieses Skript hast du nicht nur als Theaterstück geschrieben. Es ist ein Herzenswunsch."

Sugar wollte eine schlagfertige Antwort servieren und die Idee mit einem Witz abtun, doch sie konnte nicht. „Haley", sagte sie, „ich bleibe nicht hier. Ernsthaft. Gott öffnet mir das Fenster nur einen Spaltbreit, dann bin ich hier raus und greife mit beiden Händen nach meinem Traum. Ich kann mir diese Chance nicht entgehen lassen, wenn sie sich mir bietet."

Haley sah nicht so aus, als würde sie ihr glauben. Und warum sollte sie? Sugar hatte die Ungewissheit in ihrer eigenen Stimme gehört, als sie die Worte, die sie noch vor wenigen Wochen mit solcher Sicherheit gesagt hatte, ausgesprochen hatte.

Sugar stöhnte vor Verzweiflung, stützte die Ellbogen auf ihren Schreibtisch und ließ den Kopf in die Hände sinken. „Ich versteh das einfach nicht!"

„Okay, jetzt nimm mich in deine Arme", wies Sugar Ross an. Sie hatten die ganze Woche über den Rest der Show geprobt, und es gab einfach keine Möglichkeit mehr, die letzte Szene zu vermeiden. Mit jedem Tag, den sie sie aufschob, wurde es nur noch unangenehmer.

Am Rand der Bühne brachen Kichern und albernes Gurren aus. Ross behielt ein ernstes Gesicht, doch seine Augen wurden ganz sanft. Sugars Beine wurden weich, als er näherkam. Sie schluckte schwer, als er ganz langsam einen Arm um ihre Taille und den anderen um ihre Schultern legte. Als sie dort stand und seine Lippen neben ihrer Schläfe schwebten, verlor sie jedes Zeitgefühl.

„So?", fragte er, und sein Atem strich über ihre Haut. Sie nickte steif. „Solltest du nicht auch deine Arme um mich legen?", fügte er hinzu.

„Oh ja." Sie schaffte es, eine Hand auf sein Herz und die andere um seine Taille zu legen. Sobald sie es tat, beugte er sie fachmännisch über seinen Arm, und augenblicklich fand sie sich in der perfekten romantischen Position wieder. Der Raum um sie herum wurde totenstill. Sugar keuchte, blickte zu ihm auf, und seine Augen wanderten über ihr Gesicht, verweilten auf ihren Lippen. Er würde sie küssen! Sie schloss die Augen … doch nichts geschah. Im einen Moment hatte er sie in seinen starken Armen gehalten, und im nächsten hatte er sie wieder auf die Beine gestellt.

„Also ich denke, so wird es gemacht", sagte er.

Ihr Kopf drehte sich. „Ja", presste sie zwischen zusammengebissenen Zähnen hervor. „Ich denke, das muss reichen."

Er sah sie mit verträumten Augen an und lächelte. „Ich glaube, du hast Recht. Oder wir versuchen es nochmal. Du weißt, wie gerne ich übe."

Das ließ die gesamte Besetzung johlen und prusten vor Lachen und erinnerte Sugar an ihr Publikum. Sie hielt ihre Hand abwehrend hoch und hielt ihn auf, als er auf sie zukam. „Nein! Das ist nicht nötig. Ich denke, diese Probe ist vorbei."

Applegate schnaubte laut genug von oben, dass sich alle in seine Richtung umdrehten. „Ihr müsst euch küssen, damit die Show ordentlich ins Rollen kommt."

„Wem sagst du das?", rief Stanley neben ihm. „Und wir reden nicht über ein dummes Skript."

Sugar lachte. Was sollte sie auch sonst tun? Sie sah Ross an, und auch er lachte. Zum Glück ließ die Spannung nach.

Sie ließ nach ... aber sie verschwand nicht ganz. Wenn ein zehntausend Pfund schwerer rosa Elefant im Raum schwebte, war es einfach nicht möglich, ihn verschwinden zu lassen.

KAPITEL SIEBZEHN

„Sugar Ray, wo bist du? Sugar!"

„Ross, was ist los?", fragte sie.

Die Show war in der zweiten Probenwoche, doch sie war allein in der Umkleide. Wegen einer Viehauktion im nächsten Landkreis gab es an diesem Abend keine Probe. Jetzt zuckte Sugar beim eindringlichen Ton in Ross' Stimme zusammen und eilte auf die Bühne.

„Ich dachte, du wärst noch bei der Auktion." Sie sah, dass klatschnass er war, als er den Mittelgang entlang auf sie zu stapfte.

„Hat früh geendet wegen des Wetters. Hörst du das nicht?"

Draußen regnete es in Strömen. „Du meinst den Regen? Ich habe ihn gehört, als ich in der Umkleide geschrieben habe. In der Umkleide besser, weil der

Raum nicht so hoch ist wie hier. Du wirst es nicht glauben, aber ich schreibe noch ein Stück! Es hat mich gerade getroffen wie ein Blitz, als ich am Bühnenbild gemalt habe …" Sie hielt inne und bemerkte, dass Ross sie anstarrte, als hätte sie den Verstand verloren. „Warum siehst du mich so an?"

„Das ist nicht nur Regen. Das ist ein Sturm. Überall im County gibt es kleine Twister. Und sie haben einen Tornado etwa vierzig Meilen von hier entfernt gesichtet, der in diese Richtung unterwegs ist."

„Aber es war so ein schöner, ruhiger Regen", sagte sie. War sie so in ihr Schreiben vertieft gewesen, dass sie den Wetterumschwung nicht bemerkt hatte?

Ein greller Blitz erhellte den Himmel vor den Scheunenfenstern, und sofort krachte ein Donner, der das Gebäude erzittern ließ.

Fast wäre sie vor Schreck von der Bühne gesprungen.

„Deshalb bin ich hergekommen, um zu sehen, ob du hier bist!", rief Ross über einen weiteren Donnerschlag hinweg.

Nein, so war es vor zehn Minuten noch nicht gewesen. Sie hätte das auf keinen Fall überhört. Sie wäre unter die Bänke gekrochen, wenn sie gewusst hätte, dass der Sturm so schlimm war. „Ich hatte keine Ahnung", rief sie und eilte zum Bühnenrand. „Warum bist du in diesem Wetter draußen?"

Anstatt zu antworten, packte er sie um die Taille und hob sie von der Bühne. Er stellte sie auf den Boden, nahm ihren Arm und führte sie zur Tür. „Ich habe dich gesucht. Du bist nicht an dein Telefon gegangen, und ich hatte Angst, dass du entweder hier oder irgendwo am Straßenrand gestrandet bist."

Er hatte sich Sorgen um sie gemacht! Der Gedanke ließ sie für einen Moment vergessen, was um sie herum vorging … bis plötzlich das Licht ausging.

Ross zog sie an sich und legte einen schützenden Arm um ihre Schultern. „Wir nehmen meinen Truck!", rief er über den Lärm des Sturms hinweg.

„Aber –"

„Wir holen dein Auto morgen ab. Jetzt fahre ich dich erstmal nach Hause." Er zog die Tür auf, und ein Windstoß peitschte Regen auf sie herab. Er nahm seinen Hut ab und setzte ihn auf ihren Kopf.

„Halt den gut für mich fest", rief er über einen weiteren Donnerschlag hinweg und schob ihn tief in ihre Stirn. „Ich fürchte, ich habe nichts anderes, um dich trocken zu halten. Bereit? Wir gehen an meine Seite des Trucks."

Sugar drückte ihre freie Hand auf den Hut, tief gerührt, dass er versuchte, sie zu beschützen.

Sie nickte kurz und rannte dann mit ihm in den Sturm.

Obwohl er in der Nähe des Scheuneneingangs

geparkt hatte, waren sie immer noch durchnässt, als sie seinen Truck erreichten. Er riss die Tür auf und schob sie hinein, bevor sie einen Fuß heben konnte. Keuchend vor Wasser und Wind kletterte sie über die Konsole auf den Beifahrersitz und zuckte zusammen, als ein Blitz und ein gleichzeitiger Donnerschlag den Truck erzittern ließen.

Ross war in diesem Wahnsinnswetter auf der Suche nach ihr herausgekommen, dachte sie, als sie zusah, wie er sich hinter das Steuer setzte und seine Tür zuschlug. Er hatte sich Sorgen um sie gemacht.

Der Gedanke legte sich wie tröstende Arme um sie. Als sie sah, dass er bis auf die Knochen durchnässt war und das Wasser ihretwegen aus seinen Haaren und über sein Gesicht lief, wurde ihr die volle Bedeutung bewusst. Das bedeutete, dass ... sie ihm nicht egal war.

Er war ihr auch nicht egal. Sie würde lügen, wenn sie es noch länger leugnete. Zu wissen, dass er gekommen war, um sie in Sicherheit zu bringen, die Sorge in seinen Augen zu sehen und sich der Fürsorge in dieser Aktion bewusst zu werden, raubte ihr den Atem.

„Bist du okay?", rief er über das Heulen des Windes und einen weiteren Donnerschlag hinweg.

Immer noch schwer atmend und nicht ganz sicher, ob es ihr jemals wieder gut gehen würde, nickte sie und tupfte sich das Wasser aus den Augen. „Wo kommt das denn so plötzlich her? Ich hatte keine Ahnung, dass es so schlimm geworden war." Der Truck dämpfte den Lärm des Sturms genug, dass sie sich unterhalten konnten.

Er wischte sich mit der Hand das Gesicht ab, als er losfuhr. „Die können hier ziemlich schnell aufziehen. Wie schon gesagt, es hat schon ein paar Twister gegeben, die im County gelandet sind. Und es besteht Tornado-Warnung."

Sugar schauderte und betrachtete den wütenden Himmel. Wasser rauschte über die Straßen, doch Ross' Allradantrieb fuhr sicher weiter. Das wäre in ihrem alten Auto nicht so einfach gewesen. Die Stadt sah unheimlich leergefegt aus, als sie in die Main Street einbogen. Auch hier war der Strom aus, und nirgendwo brannte ein einziges Licht.

Er fuhr langsam die dunkle und menschenleere Straße entlang. „Ich lasse dich nicht allein in deiner Wohnung", sagte er über das Rauschen der Scheibenwischer hinweg, die auf Hochtouren arbeiteten. Im Moment gewährten Blitz und Donner eine Atempause, doch es regnete gnadenlos weiter.

„Mir passiert schon nichts", sagte sie und fühlte sich nicht gerade sicher, die Treppe zu ihrer dunklen Wohnung hinaufzugehen.

„Ich gehe nicht. Nicht, solange die Tornado-Warnung besteht. Wie wäre es, wenn ich dich zu Adelas Haus bringe? Wir können das Ende des Sturms dort abwarten."

Er war bereits auf dem Weg zu dem viktorianischen Gebäude am Ende der Stadt, als Scheinwerfer die Nacht erhellten. „Das ist Brady."

Beide Männer hielten an und ließen die Fenster herunter. „Ist was passiert?", rief Ross über das Tosen des Sturms hinweg.

„Der Wind hat einen Teil des Daches vom Frauenhaus gerissen!", rief sein Freund. „Ich bin ins Büro gefahren, um mehr Notfallplanen zu holen. Ich könnte deine Hilfe gebrauchen."

„Ich fahr dir hinterher!", rief Ross, ohne zu zögern, zurück. Er schloss das Fenster und drehte sich zu Sugar um. „Willst du, dass ich dich bei Adela –"

Sie schüttelte den Kopf. „Nein! Ich komme mit. Vielleicht kann ich auch helfen."

Er nickte, dann konzentrierte er sich darauf, den Truck im stürmischen Wind zu wenden. Sie folgten Brady durch die Nacht, seine Rücklichter waren durch den Regen kaum zu sehen. Sugar saß schweigend da und sorgte sich um all die Frauen aus dem Süßwarenladen, die mit ihren Kindern im Frauenhaus wohnten. Hoffentlich war niemandem etwas passiert, als ein Teil des Daches weggerissen wurde, doch Brady hätte das sicherlich erwähnt. Die Lichter des Hauses waren aus, als sie die Straße entlangfuhren, doch mehrere andere Trucks bogen ebenfalls auf den Hof, als sie sich näherten. Ihre Scheinwerfer leuchteten schwach durch den Sturm. Brady musste andere um Hilfe gebeten haben.

Ein Dutzend Cowboys in gelben Regenanzügen stiegen aus ihren Trucks. Einige luden Leitern von den Ladeflächen.

„Geht ihr bei all den Blitzen aufs Dach?", fragte Sugar Ross. Es war eine dumme Frage, denn es war offensichtlich, dass genau das passieren würde. Doch sie konnte nicht anders, als sich Sorgen zu machen.

Er nickte und warf einen Blick zum Dach. „Schau nicht so besorgt. Uns passiert schon nichts. Wir haben schon in schlimmerem Wetter gearbeitet."

„Habt ihr?", rief sie über den Donner hinweg. „Ja, natürlich. Wenn eure Kühe, euer Land oder eure Nachbarn in Schwierigkeiten sind, müsst ihr unter allen Umständen raus."

„Aber hast du keine Regenkleidung?" Nicht, dass es ihm bei diesem Wetter viel nützen würde, doch sie konnte nicht anders, als sich Sorgen um ihn zu machen.

„Ich hatte Wichtigeres im Kopf als einen Regenmantel, als ich vorhin losgefahren bin."

Sugar war sich der Bedeutung seiner Worte bewusst. Er hatte an sie gedacht, nicht daran, seinen Regenmantel zu nehmen, den sie neben seiner Hintertür hängen gesehen hatte. Ihr Herz flatterte.

„Bereit?", fragte er und fügte auf ihr Nicken hinzu: „Warte, und ich komme rum und hole dich."

Sie liebte seine Galanterie, doch er hatte im Moment Wichtigeres zu erledigen, als sie zur Tür zu begleiten. „Mach dein Ding, Sir Galahad. Ich komme schon klar. Ich gehe ins Haus."

Bevor er protestieren konnte, öffnete sie die Tür und sprang aus dem Wagen heraus. Der Boden fühlte sich an wie ein mit Schlamm gefülltes Kinderbecken. Wasser strömte über den Hof, als sie auf ihre versunkenen Füße starrte. Die gute Nachricht war, dass sie Gummi-Flip-Flops trug; die schlechte Nachricht war, dass sie sie wegen des Schlamms nicht sehen konnte. Sie war froh, dass sie Ross' Hut auf den Sitz gelegt hatte, sonst wäre er ihr vom Wind vom Kopf gerissen worden. Sie kämpfte sich durch Schlamm und Wasser, schaffte es aber nur bis zur Vorderseite des Trucks, bevor ihr entschlossener Held sie in seine Arme nahm.

„Warte", knurrte er, hob sie auf und trug sie über den Hof.

Oh, sie würde sich tragen lassen. Sie war schon

einmal in dieser Umarmung gewesen und hatte sie seitdem nicht vergessen. Sugar schlang ihre Arme um seinen Hals und ließ sich tragen.

Er setzte sie auf der Veranda ab. „Bitte sehr." Seine Stimme war sanft und beruhigend über den Sturm hinweg. „Jetzt geh rein, und komm nicht wieder raus. Bleib in Sicherheit!"

Er sagte ihr, sie solle in Sicherheit bleiben? Er wollte gerade auf ein zweistöckiges Gebäude klettern! Mitten in einem tobenden Sturm! Sie packte seinen Arm, bevor er sich abwenden konnte, zog ihn zurück und umarmte ihn fest.

„Pass auf dich auf", sagte sie ihm ins Ohr und trat dann zurück. Sie sprach ein Gebet für ihn und die anderen Männer, als sie sich umdrehte, um ins Haus zu gehen.

Dottie öffnete ihr die Tür. „Komm rein, Mädchen! Ich kann nicht glauben, dass du da draußen bist!"

„Ich wusste nicht einmal, dass ein Sturm kommen würde", sagte Sugar, ging hinein und nahm dankbar ein Handtuch von einer der anderen Frauen entgegen. „Ross ist gekommen, um mich aus der Scheune zu retten." Sie wischte sich das Gesicht ab und trocknete dann ihre Haare, während sie erklärte, wie sie Brady begegnet waren.

„Nun, ich weiß, dass das nicht die besten Umstände sind, doch es ist gut, dass du hier bist. Aber lass uns dir trockene Klamotten besorgen. Wir haben zufällig jede Menge im Lager."

Sugar schlüpfte aus ihren Flip-Flops, wischte sich mit dem Handtuch die Füße ab und folgte Dottie im Schein einer Öllampe den Flur entlang. Innerhalb von Minuten hatte sie saubere, trockene Kleidung an und saß mit einer heißen Tasse Kaffee in den Händen in der Küche.

„Ihr seid wirklich vorbereitet", sagte sie. Sie hatten Öllampen, Taschenlampen und ein Notstromaggregat.

„Hier in der Gegend muss man auf alles vorbereitet sein", sagte Dottie.

Sugar fühlte sich schuldig, als sie in der Küche des *Sicheren Hafens* stand und die Gastfreundschaft der Frauen genoss. Sicher, sie hatte mit ihnen gesprochen und hatte auch in dem Laden, in dem sie alle arbeiteten, Süßigkeiten gekauft, doch hatte sie jemals gedacht, was für ein wunderbarer Ort dieses Frauenhaus war? Hatte sie jemals innegehalten, um zu überlegen, ob sie vielleicht etwas tun könnte, um zu helfen? Der Raum, in dem sie gerade ihre nassen Kleider gegen trockene eingetauscht hatte, war gut gefüllt mit Kleiderspenden für Frauen und Kinder verschiedenster Größen. Was für eine wunderbare Gemeinde das doch war.

Vielleicht konnte sie einen Weg finden, dem Frauenhaus zu helfen, solange sie hier war. Es war ziemlich beeindruckend, wie Dottie ihre Talente als Chocolatière und Geschäftsfrau einsetzte, um den Bewohnerinnen sowohl eine vermarktbare Fertigkeit als auch viel Wissen beizubringen, das sie benötigen würden, um ein eigenes kleines Geschäft zu eröffnen, wenn sie wollten.

Sugar verspürte ein wachsendes Verlangen zu helfen, als sie ihren Kaffee nippte.

In Beverly Hills war sie so beschäftigt gewesen, so gefangen in ihrem schnellen Tempo, in dem sie von der Arbeit zum Vorsprechen und zum Schauspielunterricht gerannt war, dass sie sich nie die Zeit genommen hatte, daran zu denken, etwas zurückzugeben. Doch hier in Mule Hollow spürte sie ein Gemeinschaftsgefühl, das sie noch nie zuvor erlebt hatte. Sie erkannte, wie bindungslos sie immer gewesen war. Ross hatte versucht, ihr das klarzumachen, und plötzlich verstand sie es laut und deutlich.

Sie hatte sich kaum in einer Ecke eines kleinen Sofas niedergelassen, als eines der Kleinkinder auf ihren Schoß kletterte. Er war ein Schatz, mit dunklen Haaren und großen blauen Augen.

Dottie setzte sich neben sie. „Sie haben gerade im Radio gemeldet, dass die Tornado-Warnung aufgehoben wurde. Gott sei Dank! Hoffentlich beruhigt sich der Wind, und ich muss mir keine Sorgen mehr machen, dass jemand vom Dach geweht wird."

„Ja, bitte." Sugar seufzte und blickte von dem kleinen Jungen auf, der sich in ihre Arme kuschelte, zu den dunklen Fenstern, hinter denen es regnete. Sie betete erneut für die Sicherheit aller und fragte sich, was Ross gerade tat. Sie wünschte sie, sie hätte da draußen sein und ihm helfen können.

„Du scheinst so ruhig zu sein", sagte Sugar.

„Ich habe schon Schlimmeres durchgemacht", erklärte Dottie. „Ich habe an der Küste Floridas gelebt. Mein Haus ist während eines Hurrikans über mir eingestürzt."

Sugar war fassungslos. „Ich wäre jetzt ein Wrack, wenn mir sowas passiert wäre."

Dottie lächelte. Ihr Gesicht erinnerte Sugar an eine zarte Porzellanpuppe: Porzellanhaut, tiefblaue Augen und nachtschwarzes Haar. Aber abgesehen von ihrer Schönheit strahlte Dottie einen Frieden aus, der alle um sie herum zu erreichen schien.

„Als ich in den Trümmern begraben war, habe ich gelernt, dass Gott mein Leben selbst in den schlimmsten Zeiten unter Kontrolle hat. Ich staune immer noch darüber, wie Er mich gerettet und dann mein Leben gelenkt hat, um mich hierher zu bringen. Die Bibel sagt es, und Er hat es mir bewiesen, als Er mich nach Mule Hollow gebracht hat. Als ich Brady gesehen habe, war da sofort eine Verbindung. Ohne den Sturm hätte ich ihn und mein Baby nie gefunden." Sie legte ihre Hand auf ihren runden Bauch und lächelte. „Willst du irgendwann Kinder, Sugar?"

Es war eine unerwartete Frage. „Eines Tages", antwortete sie aufrichtig. Ehemann, Familie … es würde alles kommen – später. „Ich habe immer zuerst an meine Karriere gedacht. Mein Plan ist, meine Träume zu verwirklichen, ein Star zu werden und dann an Ehemann und Kinder zu denken."

Dottie musterte sie aufmerksam, als würde sie tief in ihre Seele blicken. Es war sehr beunruhigend.

„Deine Karriere ist alles für dich, nicht wahr?"

Sugar mochte nicht, wie sich das anhörte. „Nein, sie ist nicht *alles*. Es ist, worauf Gott mich vorbereitet hat. Er hat diesen Traum in mir gesät, und ich bin entschlossen, ihn wahrzumachen. Ich fühle in meinem Herzen, dass ich dazu bestimmt bin, ein Star zu sein."

Sie wusste, dass sie wie eine gesprungene Schallplatte klang, als sie sich auf dieselbe defensive Art und Weise rechtfertigte, wie sie es ihr ganzes Leben lang getan hatte. Doch plötzlich, vor Dottie, in diesem Raum voller Frauen, die in dieser Zuflucht lebten, die Dottie geschaffen hatte, klang es fast peinlich. Trotzdem änderte es nichts an Sugars Überzeugung.

Dotties Gesichtsausdruck war nicht wertend, aber ihre Augen waren ernst. „Macht es dir etwas aus, wenn ich dich was frage?"

Sugar spürte, wie sich ein unangenehmes Gefühl in ihr breitmachte. Dottie hatte den freundlichsten Gesichtsausdruck, doch Sugar hatte das Gefühl, dass ihr diese Frage nicht gefallen würde. Trotzdem nickte sie.

„Was würdest du tun, wenn Gott dich bitten würde, den Traum aufzugeben?"

Sugar fühlte sich, als wäre sie vom Ende eines Piers gefallen. Sie war nach Mule Hollow gekommen, um diese schreckliche Stimme des Zweifels in ihrem Kopf loszuwerden, nur Ross' Andeutungen zu hören, und jetzt sprach Dottie es aus.

„Was meinst du?" Sie konnte kaum sprechen, als die Worte aus den Schatten ihres Herzens fegten und mit der Inbrunst des wütenden Windes, der um das Haus heulte, zum Leben erwachten. War es nur Zufall, dass Dottie eine solche Frage mit genau diesen Worten gestellt hatte?

„Ich behaupte nicht, dass deine Entscheidung falsch ist, ich will dich nur fragen, was du tun würdest, wenn Gott dich bitten würde, deinen Traum aufzugeben. Würdest du ihm genug vertrauen, um es zu tun?"

„Ihm vertrauen?"

„Ja. Wenn er dir den Traum gegeben hat …
könntest du ihn ihm zurückgeben, wenn er dich darum
bittet?"

„Warum sollte er so etwas verlangen? Er hat mir
den Traum gegeben!"

Dotties Augen wurden weich. „Als ich hier
gelandet bin, habe ich es auch nicht verstanden. Ich
dachte, ich kenne meinen Lebensplan. Es war ein guter
Plan, doch ich musste die Entscheidung Gott überlassen
und darauf vertrauen, dass er wusste, was das Beste für
mich war. Ich sehe dich an und denke an Abraham, der
sich so sehr einen Sohn gewünscht hat. Als Gott ihn mit
Isaak gesegnet hat, wurde ihm dieselbe Frage gestellt.
Und dann, obwohl Isaak die Erfüllung seines Traums
war, hat Gott Abraham gebeten, ihn aufzugeben."

Draußen schien sich der Sturm zu beruhigen und
eine plötzliche Stille kam über den Raum. Alle waren in
Gespräche vertieft, und doch fühlte sich Sugar
bloßgestellt, genau wie in der Nacht, in der Ross
festgestellt hatte, dass sie Angst hatte. Ja, sie hatte sich
ihrer Angst vor dem Versagen gestellt, ihrer Angst, dass
sie sich irgendwie darin geirrt haben könnte, was Gott
von ihr wollte. Doch nur zu sagen, dass ihr Traum *das*
war, was sie tun sollte, und dann zu sagen, dass Gott sie
aufforderte, den Traum einfach auf den Altar zu legen –
konnte sie das tun?

Sie mochte stur sein, doch sie konnte nicht akzeptieren, dass Gott das von ihr verlangte. Sie wollte Dotties Gefühle nicht verletzen, aber ...

Für jemanden, der Angst vor dem Versagen hatte, wäre es tatsächlich der leichte Ausweg, zu akzeptieren, dass Gott ihr sagte, sie solle den Traum aufgeben. Sie müsste nicht persönlich für ihr Versagen verantwortlich sein. Könnte Sugar ihre Träume aufgeben? Wenn sie ehrlich war, war sie sich nicht sicher. Doch einer Sache war sie sich sicher: Sie würde ihren Lebenstraum nicht kampflos aufgeben.

Sie hatte niemals den leichten Weg genommen. So tickte sie nicht. So war sie noch nie gewesen, und doch ... Ross' Bild kam ihr in den Sinn, und Sugars gesamter Denkprozess erstarrte.

KAPITEL ACHTZEHN

Das Trampeln von Stiefeln auf der Veranda kündigte die Männer an, die in die Küche kamen, und bewahrte Sugar davor, Dotties Frage beantworten zu müssen.

Stacy, die auf der anderen Seite des Zimmers gesessen hatte, trat vor, als Sugar aufstand. „Ich nehme ihn mit", sagte sie leise und nahm ihr das schläfrige Kleinkind ab.

„Danke! Er ist wirklich süß."

Die Frau lächelte kurz, bevor sie ging. Sugar hatte das Gefühl, dass Stacy noch etwas sagen wollte, doch als sie sich nicht umdrehte, entschied Sugar, dass sie sich das nur eingebildet hatte. Anstatt länger darüber nachzudenken, eilte sie in die Küche, um zu sehen, was sie tun konnte, um den müden, durchnässten Männern zu helfen, die triefend auf dem Linoleum standen.

Sie waren so nass, dass sich der Regen in Pfützen sammelte, doch Dottie ließ sie nicht zurück auf die Veranda. „Nein", sagte sie, als sie wieder nach draußen gehen wollten. „Denkt nicht einmal an den Boden!" Sie reichte jedem ein Handtuch und bedankte sich für ihre Hilfe.

Sugar verteilte Tassen mit dampfendem Kaffee und stellte sich dann neben Ross, als alle bedient waren. Sie hatte sich die ganze Zeit, während sie mit Dottie gesprochen hatte, Sorgen um ihn gemacht, und sie hätte ihn beinahe umarmt, als er wohlbehalten durch die Tür gekommen war. Doch sie hatte nicht das Bedürfnis, die Spekulationen anzuheizen, dass sie sich ineinander verliebten, und begnügte sich stattdessen damit, an seiner Seite zu stehen und ihm zuzuhören, wie er mit den anderen Männern redete.

Trotz des Dachschadens und der widrigen Witterungsbedingungen, mit denen sie gerade konfrontiert gewesen waren, waren die Männer gut gelaunt, als sie sich unterhielten und ihre heißen Getränke tranken.

Einer von ihnen war der Verlobte der Boutiquebesitzerin Ashby Templeton, Dan Dawson. Der attraktive Cowboy versprühte einen schelmischen „Matthew McConaughey"-Charme.

„Mann, ich dachte, du wärst erledigt da draußen, als

du abgerutscht bist", sagte er und sah Ross an.

In Sugar schrillten die Alarmglocken. „Was ist passiert?"

Ross fuhr sich mit einem Handtuch über die Haare und lächelte sie an. „Das war nicht so schlimm. Mein Fuß ist abgerutscht, als ich eine Kante der Plane angenagelt habe."

Ihr Herz setzte einen Schlag lang aus, da sie wusste, wie steil und hoch dieses Dach war.

„Ganz oben am First", sagte Dan. „Nur Gott hat ihn davor bewahrt abzustürzen."

Ross warf ihm einen warnenden Blick zu.

„Hey, ich sage nur, dass ich froh bin, dass du noch unter uns weilst." Dan grinste und zwinkerte Sugar zu, bevor er sich einem Gespräch der Männer zu seiner Linken anschloss.

Sugar sah Ross an.

„Es war nichts", sagte er leise und drehte sich zu ihr um. „Hätte es dir was ausgemacht?"

Sie stellte sich vor, wie er von diesem glatten Dach stürzte, und ihr Magen zog sich zusammen. Es erschütterte sie zu erkennen, wie wichtig es gewesen wäre. Sie sah zu ihm auf und nickte. „Ja", sagte sie. „Eine Menge", fügte sie hinzu.

Ross' Überraschung war offensichtlich. Er hatte scheinbar nicht erwartet, dass sie das zugeben würde.

Sugar war ebenso erstaunt. Sie machte ihr Gespräch mit Dottie dafür verantwortlich.

„Ist ja nichts passiert", sagte er und schluckte. „Und das Wichtigste ist, dass das Dach geschützt ist, und der Sturm ist auch fast vorbei. Gott ist gut."

Sugar holte tief Luft und nickte.

Gott war gut. Doch sie begann sich zu fragen, ob sie ihn überhaupt verstand. Sie fragte sich plötzlich, ob sie *irgendwas* verstand.

Ross hielt vor Sugars Wohnung. Der Regen hatte aufgehört, doch Nebel hing noch immer in der Luft und schien so unentschlossen und frustriert über seinen nächsten Schritt zu sein wie Ross. Er warf einen Blick auf die Uhr am Armaturenbrett. Halb zwei in der Nacht. Es war eine lange, aufschlussreiche Nacht gewesen.

Die Begegnung mit seiner Sterblichkeit auf dem Dach hatte ihn erschüttert. Er hatte niemandem sagen wollen, wie knapp es auf diesem glatten Dach gewesen war, doch als er den Halt verloren hatte und über die Schindeln gerutscht war, war es ein Akt Gottes gewesen, dass er nicht abgestürzt war. Dass sein Stiefel die Regenrinne erwischt hatte und die Rinne ihn gehalten hatte … er dankte Gott dafür.

Sugars Eingeständnis, dass ihr nicht egal war, was

ihm geschah, hatte seinen Adrenalinpegel erneut in die Höhe schießen lassen. Als sie ihm das gesagt hatte, als sie neben ihm gestanden hatte, hatte er sie an sich ziehen und umarmen wollen. Er hatte sich jedoch zurückgehalten. Er war bis auf die Knochen durchnässt, und sie hatte sich gerade trockene Kleidung angezogen, ganz zu schweigen davon, dass er sicher war, dass sie es nicht begrüßt hätte.

Er machte sich seit Wochen etwas vor. Trotz all seiner Versuche, sein Herz zu schützen, hatte er Gefühle für Sugar, auch wenn er wusste, wohin das führen musste.

„Denkst du, du kommst klar?", fragte er und kämpfte gegen den Drang an, jetzt die Hand auszustrecken und sie zu berühren.

Sie war die ganze Fahrt in die Stadt still gewesen. Sie nickte und begann, ihre Tür zu öffnen. Er sprang aus dem Truck und kam zu ihr, als sie die Tür hinter sich schloss.

Sie trat auf den Gehsteig. Er folgte ihr, da er nicht wollte, dass die Nacht schon zu Ende ging. Unten an der Treppe blieb sie stehen, die Hand am Geländer, als sie sich zu ihm umdrehte. „Du bist heute Nacht gekommen, um mich in Sicherheit zu bringen."

„Ja." Alles, woran er hatte denken können, als er sie nicht am Telefon erreichen konnte, war, dass sie vielleicht in Gefahr war. Genauso wie sie sich anscheinend Sorgen um ihn gemacht hatte, als er auf dem Dach gewesen war.

Sie hatte zugegeben, dass es ihr nicht egal gewesen wäre, wenn er abgestürzt wäre, doch er wusste, dass ihr Geständnis sie störte. Dennoch gab ihm diese Tatsache einen kleinen Hoffnungsschimmer.

Er hatte sie wie ein offenes Buch gelesen, nachdem sie es gesagt hatte. Sie wollte genauso wenig Gefühle für ihn entwickeln, wie er für sie.

Sie standen im Licht seiner Scheinwerfer, und ihre Augen wirkten riesig, als sie zu ihm aufblickte. Seine Kehle wurde trocken.

„Warum bist du gekommen, um mich zu holen?", fragte sie, ihre Worte waren kaum ein Flüstern.

Warum? Das tut ein Mann nunmal, wenn er eine Frau liebt – Ross hatte es fast so lange geleugnet, wie er sie kannte, doch als er das glatte Dach hintergerutscht war, hatte er gewusst, dass er es nicht mehr leugnen konnte. Zumindest nicht vor sich selbst.

„Ich bin dein Held, erinnerst du dich?"

Sie lächelte. „Süß. Aber im Ernst?"

Er konnte ihr auf keinen Fall sagen, dass er sie liebte. Er versuchte immer noch, sich selbst an diesen Gedanken zu gewöhnen! Außerdem wusste er, dass sie nicht glücklich wäre, wenn er es ihr gestehen würde.

„Warum hätte ich es nicht tun sollen?"

Ihre Augen schmolzen im Licht des Trucks, als ob ihr vielleicht gefiel, was er sagte. Aber nein, sie war wahrscheinlich nur müde.

„D-du und ich", sagte er und versuchte, es besser zu erklären. „W-wir sind Freunde. Du willst nicht, dass ich von Dächern falle, und ich will nicht, dass dir Dächer auf den Kopf fallen." *Wow, das war lahm.*

„Oh. Richtig", sagte sie und nickte. „Danke nochmal! Dann gute Nacht."

Er verschränkte die Arme vor der Brust. Es war die einzige Möglichkeit zu verhindern, sie in seine Arme zu ziehen.

„Ich habe nachgedacht", sagte sie und drehte sich plötzlich um, ihre Augen blitzten. „Es macht mir Spaß, mit dir zu arbeiten." Sie sah aus und hörte sich an, als würde sie auf einem Drahtseil darum kämpfen, das Gleichgewicht zu halten. Oder vielleicht kam es ihm einfach so vor, denn so fühlte er sich.

„Mir macht es auch Spaß", sagte er. „Ich muss dir was gestehen – ich hatte überhaupt keine Lust, bei dieser Produktion mitzuspielen. Du weißt ja, dass ich damit nichts zu tun haben wollte. Doch ich hatte mehr Spaß, als ich mir je hätte vorstellen können."

Sie lächelte. „Dachte ich mir. Ich meine, ich dachte, dass dir die Produktion Freude bereiten würde. Weißt du, alles ins Rollen zu bringen. Ich weiß, dass dir das Schauspielern keinen Spaß gemacht hat."

Er entspannte sich. „Sogar das gefällt mir zwischenzeitlich."

„Oh!"

Das brachte ihn zum Grinsen. „Du bist sprachlos. Wow!"

Sie kicherte.

„Wir haben etwas Besonderes geschaffen, Sugar. Weil du mich dazu gedrängt hast, fühle ich mich meinem Großvater näher als je zuvor. Ich weiß, woher er seine Liebe und seinen Drive hatte. Beides kam aus dem Stolz, etwas von Grund auf aufzubauen und zu seinem Vermächtnis zu machen."

„Also, heißt das, dass du das Theater offenhalten wirst?"

Er hatte sie glauben lassen, dass er nicht auf Dauer dabei war – er hatte sich so wenig wie möglich festnageln lassen, doch das hatte sich alles geändert. „Das heißt es", sagte er. „Ich weiß, dass du nicht hierbleiben wirst, aber ich hoffe, dass du vielleicht als Partner dabeibleiben willst."

Er hatte nicht gewusst, dass er das sagen würde, doch jetzt, wo es raus war, wusste er, dass es richtig war. Die Finanzen, die er und Sugar ausgearbeitet hatten, waren nur für die unmittelbare Zukunft ausgelegt gewesen, doch er wollte irgendwie mit ihr in Verbindung bleiben, auf irgendeine Weise, die ihr die Tür für eine Rückkehr offen hielt.

Sie sah nachdenklich aus. „Heute Nacht draußen im Frauenhaus habe ich gemerkt, dass du Recht hattest. Weißt du, dass ich kein Leben außerhalb des Strebens nach meinem Traum habe."

„Ich war hart zu dir. Ich habe dir nicht gesagt, dass mich deine Leidenschaft für das, was du tust, beeindruckt. Dein Engagement, deine Hingabe für deinen Traum … inspiriert mich. Ich meine, ich weiß, dass dich das aus unserem Theater hier wegreißen wird, aber ich verstehe es."

Sie blinzelte schnell, ihre Augen funkelten im Scheinwerferlicht. „Dass du das sagst, bedeutet mir sehr viel."

Er wünschte, es bedeutete genug, um sie hier zu halten. Wünschte, er könnte ihr sagen, wie er wirklich empfand. Doch er konnte nicht. „Du bist einer der talentiertesten Menschen, die ich je kennengelernt habe. Doch du wirst es schaffen. Wie gesagt, ich war hart zu dir, aber so sehe ich es."

Sie holte tief Luft und warf dann ihre Arme um seinen Hals und umarmte ihn heftig. „Das habe ich gebraucht. Danke!" Sie ließ abrupt los und rannte dann die Treppe hinauf. Er beobachtete sie, wie sie das

Notlicht, das er ihr gegeben hatte, einschaltete und dann ihre Tür aufschloss. Sie schenkte ihm ein kleines Lächeln, bevor sie im Inneren verschwand.

Er stand da und starrte immer noch auf ihre Fliegengittertür.

Er hatte in den letzten Wochen mit Sugar zusammengearbeitet und gespielt, und er war noch nie mit jemandem zusammen gewesen, von dem er glaubte, dass er mehr Grund hatte, an sein von Gott gegebenes Talent zu glauben, als sie. Es gab keinen Zweifel daran, dass Sugar dazu bestimmt war, ein Star zu werden.

Es war nur eine Frage der Zeit. Alles, was sie brauchte, war der richtige Moment, die richtige Gelegenheit, und sie würde einen kometenhaften Aufstieg erleben …

Direkt aus seinem Leben heraus.

Der Schaden für das County war nicht annähernd so groß, wie er hätte sein können. Mehrere Bäume waren umgestürzt und manche hatten Dächer beschädigt, aber nirgends war es schlimmer als das aufgerissene Dach des Frauenhauses. Insgesamt waren die Bewohner von Mule Hollow erleichtert und dankbar, dass alles, was sie von dem Sturm mitbekommen hatten, ein paar kleine Wirbel und kein echter Tornado gewesen war.

Sugar packte am nächsten Tag mit an, als viele der Stadtbewohner halfen, den Hof des Frauenhauses zu reinigen. Der Versicherungssachverständige kam und nahm den Schaden auf, und kaum war er gegangen, begannen Ross, der Witzbold Dan Dawson und mehrere andere Männer, darunter ein ruhiger Cowboy namens Emmett, mit Brady die Schindeln auf dem Dach zu ersetzen.

Es gab noch viel zu tun in der Show. Sugar hätte leicht gehen und in der Scheune arbeiten können. Es gab so viele Leute, die im Frauenhaus arbeiteten, dass niemand sie vermisst hätte, doch sie *wollte* helfen. Sie wollte mitmachen. Das war eine Gemeinde, in der sich die Leute umeinander kümmerten. Das waren ihre Freunde. Sie brauchten ihre Hilfe, und sie gab sie gerne.

Im Moment war Helfen wichtiger als ihre Produktion.

Sie ging zur Seite des Hauses, um heruntergefallene Schindeln vom Spielplatz aufzusammeln, und sah, dass Stacy dort arbeitete. Sugar bemerkte, wie der Blick der Frau nach oben flackerte und Emmett auf dem steilen Dach im Auge hielt. Sugar tat dasselbe mit Ross. Sie hatte Angst, dass er wieder den Halt verlieren könnte.

Seine Worte vom Vorabend hatten sie ins Trudeln gebracht. Er glaubte an sie! Allein dieses Eingeständnis hatte sie fast in Tränen ausbrechen lassen. Doch zu wissen, dass sie Recht hatte, dass er die Arbeit an der Produktion liebte, freute sie noch mehr. Und die Show würde weitergehen, auch nachdem sie Mule Hollow verlassen hatte. Das bedeutete ihr mehr, als sie für möglich gehalten hatte. Sie war so stolz auf das, was sie schufen.

„Ich finde es wunderbar, wie du vor all den Leuten auf dieser Bühne stehen kannst."

Sugar war so in ihre Gedanken versunken gewesen, dass sie nicht gehört hatte, dass Stacy nähergekommen war. Erschrocken darüber, dass die schüchterne Frau tatsächlich einen ganzen Satz gesprochen hatte, wusste Sugar einen Moment nicht, was sie antworten sollte.

„Ich liebe es", sagte sie einen Herzschlag später.

„Es würde mir Angst machen."

„Hast du es je versucht?" Natürlich nicht. Die Frau redete ja kaum!

„Nein. Ich hatte nie eine Gelegenheit. Ich wäre sowieso nicht gut darin."

Sugar warf eine zerbrochene Schindel in die nahe Schubkarre und schenkte Stacy dann ihre volle Aufmerksamkeit, anstatt weiter aufzuräumen. „Weißt du, manchmal ist es eine befreiende Erfahrung, auf der Bühne oder vor einer Kamera zu stehen. Du wärst vielleicht überrascht, was du schaffen kannst, wenn du eine Rolle spielst. Dinge, die du dich als du selbst nie trauen würdest."

Es war wahr. Sugar wusste es aus erster Hand. Sie lebte die letzten Wochen für die Stunden, die sie und Ross auf der Bühne stehen konnten und in denen sie die Frau sein konnte, die sich in ihn verliebte. Plötzlich wurde sie von einer Idee inspiriert.

„Willst du vielleicht einen Abend diese Woche ins Theater kommen und mir helfen, die Zeilen durchzugehen? Es vielleicht selber mal versuchen?"

Stacy wurde blass. „Oh nein. Ich könnte das nicht. Ich –"

„Du wärst überrascht, wie viele Schauspieler und Schauspielerinnen wirklich schüchterne Menschen sind." Sugar hatte diese plötzliche Entschlossenheit, Stacy dazu zu bringen, zumindest in die Scheune zu kommen.

„Wirklich?" Sie sah nicht so aus, als ob sie es glaubte, sondern schien darüber nachzudenken. „Wie kann das sein?"

„Nun, auf mich trifft das sicher nicht zu – ich habe mein ganzes Leben lang die Kamera geliebt – doch für manche ist es eine Möglichkeit, sich auszudrücken."

Stacy schenkte Sugar ein kleines Lächeln. „Dass ich die Kamera liebe, kann ich nicht behaupten. Aber ich komme vielleicht mal raus und lasse mir von dir deine Zeilen vorlesen, wenn du jemanden brauchst, der das tut."

Sugar bekam das unglaublichste Gefühl in der

Magengrube, als ob gerade etwas sehr Bedeutendes passiert wäre, etwas Größeres als sie selbst. Seltsamerweise fiel es ihr schwer zu sprechen. Stattdessen nickte sie, schluckte und begegnete dann Stacys Blick mit einem Lächeln. Ein Lächeln, das von Herzen kam. Dann fand sie ihre Stimme wieder.

„Morgen. Gleich nach der Arbeit. Vor sieben kommt sonst niemand, und ich könnte deine Hilfe wirklich gebrauchen."

„Vielleicht komme ich, wenn sonst keiner da ist."

Sugar beschloss in diesem Moment, dass sie dafür sorgen würde, dass niemand sonst da sein würde. Applegate und Stanley tauchten ab und zu früh auf, um mit den Scheinwerfern herumzuprobieren, doch sie wusste, dass sie für Stacy wegbleiben würden, wenn sie sie darum bat.

„Es werden nur du und ich sein. Und ich weiß, dass wir Spaß haben werden. Du wirst sehen."

Sie arbeiteten noch ein paar Minuten weiter und beräumten den Spielplatz von Schindeln, bevor Stacy hineinging, um nach ihrem kleinen Jungen zu sehen. Sugar blickte zu den Männern auf, die auf dem Dach arbeiteten, und winkte, als sie sah, dass Ross sie beobachtete. Ihr Herz war plötzlich zum Bersten voll, und gleichzeitig fühlte sie sich ungeheuer unbeschwert.

KAPITEL NEUNZEHN

„Okay, ich bin Hoss, und du bist ich. Süße kleine Daisy Calhoun", sagte Sugar lächelnd. Sie und Stacy waren seit einer Stunde in der Scheune, und Sugar konnte sehen, dass die so stille Frau Spaß hatte, auch wenn sie es kaum zeigte. Doch Sugar hatte dieses brennende Verlangen, die Energie, die sie in Stacy spürte, ans Licht zu locken.

Sie hatte Haley nach Stacy gefragt und herausgefunden, dass sie bisher ein sehr trauriges Leben geführt hatte. Misshandlung war etwas, das Sugar nie gekannt hatte, und nach ihrem Gespräch mit Haley hatte sie sich eine halbe Stunde früher von der Arbeit verabschiedet, um in die Scheune zu fahren und allein zu sein. Sie hatte das starke Bedürfnis gespürt, dass sie beten sollte, bevor Stacy kam. Sie hatte Gott gebeten, mit ihnen in der Scheune zu sein.

Als sie in die großen, unsicheren Augen sah, die Stacy gerade auf sie gerichtet hatte, betete Sugar, dass sie nicht das Falsche tat, indem sie sie auf die Bühne drängte. Doch es fühlte sich richtig an. Sie wollte, dass Stacy erfuhr, wie sie sich auf der Bühne fühlte.

„Jetzt schau nicht so verängstigt", sagte sie und fügte dann Ermutigung hinzu. „Du kannst das. Denken einfach daran, dass wir unter uns sind. Und dass wir es vor allem aus Spaß machen. Wenn du diese Bühne betritts ..." Sugar trat in die Mitte des Raumes und holte tief Luft, die Augen geschlossen. „Dreht sich alles um das, was hier passiert. Nichts da draußen ist wichtig." Sie öffnete die Augen und sah Stacy an. „Hier musst du nicht darüber nachdenken, wer du bist. Was deine Probleme sind. Was deine Mängel sind – nicht, dass wir welche haben", fügte sie mit einem Augenzwinkern hinzu. „Hier dreht sich alles um die Rolle. Es geht darum, deiner Rolle Leben einzuhauchen, um auch das Publikum von seinen Sorgen abzulenken."

Stacys Hände zitterten, als sie das Skript nahm. Sie sagte nichts, doch sie senkte den Blick auf die Seiten in ihren Händen. Sugar hielt den Atem an und betete, dass Gott sie irgendwie benutzen würde, um dieser verwundeten Seele zu helfen, aus ihrem Schneckenhaus zu kommen.

„Okay, ich werde es versuchen."

Sugar wollte Stacy in eine große Umarmung ziehen, hatte aber Angst, das arme Mädchen zu erschrecken, also hielt sie sich zurück und lächelte stattdessen.

„Das ist alles, was jeder von uns tun kann. Also gut, lass uns anfangen, *Daisy*. Hoss ist so in dich verliebt, dass du ihn aus seinem Elend erlösen und ihm sagen musst, dass du ihn liebst!"

„Oh, Ross, es war unglaublich! Ich habe mich noch nie, und ich meine *nie*, so aufgeregt und erfüllt gefühlt, wie als Stacy meine Zeilen als Daisy gelesen hat!"

Ross war sprachlos, als er die Begeisterung sah, die Sugar ausstrahlte. Es half seiner Situation überhaupt nicht. Er war seit der Sturmnacht verzweifelt gewesen; zu wissen, dass er sie genug liebte, um zu wollen, dass sie sich ihren Traum erfüllte, selbst wenn es bedeutete, sie weggehen zu sehen, belastete ihn. Doch als er sie jetzt ansah, war da etwas anders. Er konnte es spüren. Er lächelte, als sie ihn packte und umarmte, bevor sie von ihm wegwirbelte wie ein Kreisel.

Sie hatte ihn gleich bei seiner Ankunft abgepasst und ihn an die Seite der Scheune gezogen, weg von den anderen Darstellern.

„Ich hatte immer diesen Traum, dass ich auf der

großen Leinwand sein sollte, um das Leben eines Kindes zu verändern. Weißt du, so, wie es mir selbst ergangen ist. Aber ich habe nie daran gedacht, meine Liebe zur Schauspielerei in einer Situation mit einem anderen Menschen direkt einzusetzen. Ich glaube wirklich, dass ich Stacy helfen kann, aus ihrem Schneckenhaus herauszukommen."

„Sugar, wenn ich eines sicher weiß, dann, dass du den Schauspieler in jedem herauslocken kannst."

Sie stand einen Meter von ihm entfernt, ihre Augen sprühten vor Hoffnung. Er wusste, dass er in seinem ganzen Leben noch nie etwas Schöneres gesehen hatte.

„Es wird dauern. Stacy wird in absehbarer Zeit nicht schauspielern – wer weiß, vielleicht will sie nie vor Leuten auftreten. Aber selbst, wenn sie es nicht tut, ist es trotzdem eine tolle Sache. Als sie heute hier weggegangen ist, glaube ich wirklich, dass sie ein bisschen beschwingt gegangen ist."

„Das hast du gut gemacht, Sugar."

Sie hakte sich bei ihm unter und lächelte ihn an. „Nicht ich. Gott hat es getan. Ich habe ihn gespürt. Er war direkt neben mir."

Ross konnte nicht anders, er legte seine freie Hand an ihre Wange und genoss das Gefühl ihrer Haut. Er hatte sich in die Leidenschaft und den Geist dieser Frau verliebt. „Gott wird dich auf großartige Weise gebrauchen, Sugar. Mit deinem Talent und deinem schönen Herzen ist nicht abzusehen, was Er für dich bereithält. Ich sehe Großes in dir."

Sie wurde völlig still, ihre Augen besorgt. „Ja, das habe ich immer gefühlt", sagte sie, aber in ihrem Ton lag keine Angeberei. „Du kennst mich, ich bin mir sicher, dass ich Amerikas nächster Schatz sein soll." Zum ersten Mal, seit er sie kannte, sagte sie die Worte nicht mit Überzeugung. Er wusste nicht, was er davon halten sollte.

„Ja, das kannst du laut sagen", neckte er und versuchte, die plötzlich ernste Stimmung, die über ihnen hing, zu heben. Er fing an, sie in Richtung Bühne zu führen, musste zu den anderen kommen, bevor er sich nicht mehr beherrschen konnte und sie küsste. „Zeit für die Probe. Du weißt, wie dringend ich sie brauche."

Sie kicherte und drückte seinen Arm. „Du bist so viel besser, als du denkst."

„Nur, weil ich dich da oben neben mir habe."

Und das war die Wahrheit. Er sollte Hoss, der singende Cowboy, sein, doch das war er, Ross Denton, auf der Bühne – der Mann, der Sugar Ray Lenox mit Leib und Seele liebte. Sobald sie sich auf den Weg machte, um ihr Schicksal zu erfüllen, würde er hinter die Kulissen zurückkehren und die anderen die Aufführung machen lassen. Ohne sie wollte er nicht auf der Bühne stehen.

Wem versuchte er, etwas vorzumachen? Ohne sie wollte er nirgendwo sein.

Am Sonntagmorgen fand nach dem Gottesdienst ein gemeinsamer Brunch statt. Applegate sagte, dass die Gemeinde es da so richtig krachen lassen würde. Sugar war begeistert vom Angebot, und es gab genug Grillfleisch auf dem Buffet, dass alle leicht zweimal satt werden würden.

Nachdem sie ihren Teller gefüllt hatte, saß Sugar mit mehreren Paaren an einem Tisch. Es dauerte nicht lange, bis Ross kam und sich neben sie setzte. Alle am Tisch machten Witze und redeten und amüsierten sich. Ihre Schulter war die meiste Zeit des Essens an Ross' Schulter gepresst, und sie war sich seiner Nähe sehr bewusst. So sehr, dass sie erleichtert war, als er sich zum Volleyball umziehen wollte. Volleyball in Mule Hollow war einzigartig und anders als alles, was Sugar je gesehen hatte – oder besser gesagt, die Kleiderordnung war es. Es war pure Unterhaltung, sowohl die Männer als auch die Frauen zu sehen. Während einige der Cowboys Shorts und Sportschuhe anzogen, spielten andere in ihrer Sonntagsgarderobe: Westernhemden, gestärkte Jeans und Cowboystiefel! Und dann waren da noch Esther Mae und ihr Mann Hank – er in Sonntagskleidung und sie in einer lindgrünen Kombination aus Leggings und Trägertop. Abgerundet wurde die Gruppe durch den Ehemann von Norma Sue, Roy Don. Er war der Schiedsrichter, und das passte sehr gut, da der stämmige Cowboy mit dickem Schnurrbart von souveräner Präsenz war. Von seinen Khakihosen bis zum Kragen seines cremefarbenen Hemds waren seine Kleider steif wie Beton gestärkt.

Während Sugar sie beobachtete, zweifelte sie nicht daran, dass Mule Hollow mit Sicherheit ein modisches Statement abgab. Doch es war Norma Sue, die alle herumkommandierte, während sie das Spiel wie ein General organisierte, der den Preis für den bestangezogenen Teilnehmer verdient hatte. Sie trug ihre typische Latzhose mit bis knapp unter die Knie hochgekrempelten Beinen, und statt Turnschuhen behielt auch sie ihre Stiefel an. Sie rundete den Look mit einem roten Schweißband ab, das knapp über ihren Augenbrauen hing und ihr kurzes graues Haar in alle Richtungen abstehen ließ.

Sugar stand abseits und sah staunend zu, als Ross zu ihr joggte. Er hatte sich für Sportkleidung entschieden.

„Hey", sagte er. „Bleibst du und siehst zu?"

Sie nickte und lächelte ihn an. Keine wilden Pferde

hätten sie davon abhalten können, ihn zu beobachten –
und die anderen. „Spielt Norma Sue etwa so?"

Er lachte. „Das tut sie immer. Und so überraschend
es auch sein mag, das kurzgeratene Energiebündel kann
sich da draußen behaupten. Die Frau hat einen gemeinen
Aufschlag." Seine Augen funkelten vor Freude.

Sugar fühlte sich glücklich, wenn sie ihn nur ansah.
„Wie ist es mit dir? Kannst du spielen?"

„Ich denke, es geht. Und du?"

Sie schüttelte den Kopf. „Nicht mein Spiel. Aber
ich werde meinen Spaß dabei haben, dich anzufeuern."

Er beugte sich vor. „Wenn du mich anfeuerst,
sollten die anderen besser aufpassen. Ich werde
unaufhaltsam sein." Er war einfach so anziehend, dass
Sugar tat, was ganz natürlich zu sein schien, bevor sie
es sich anders überlegen konnte. Sie stellte sich auf die
Zehenspitzen und küsste ihn.

Es war nur eine einfache Berührung der Lippen,
doch es fühlte sich nach so viel mehr an, dass beide
erstarrten. Sie tanzten seit Wochen umeinander herum,
und jetzt küssten sie sich.

Ross rührte sich nicht, doch seine Augen funkelten
nicht, als er in ihre blickte. „Das war ein gefährlicher
Schachzug, Sugar."

Junge, als ob sie das nicht wüsste. Doch plötzlich
war sie den Tanz leid. „Und was bedeutet das?" Sie

konnte kaum atmen.

„Das bedeutet, dass ich dieses Spiel zwischen uns mit einem Handicap gespielt habe und versucht habe, dir Raum zu geben, um die Regeln festzulegen. Faire Warnung – küss mich nicht, es sei denn, du bist bereit, sie zu ändern.''

Und das war die Millionen-Dollar-Frage.

Wollte sie, dass sich die Regeln änderten?

Ja.

„Ross Denton, wirst du spielen oder was? Raus aufs Feld mit dir!'', keifte Norma Sue. „Wir haben ein Spiel zu spielen!''

Er hob fragend eine Braue, und Sugar holte zitternd Luft. „Geh Ball spielen.'' Sie versetzte ihm einen sanften Schubs, und er ging zurück zu den Spielern.

„Dieses Gespräch ist noch nicht vorbei.'' Er schenkte ihr ein warnendes Lächeln. „Du und ich, nach diesem Spiel.'' Er zeigte auf sich selbst, dann auf sie, als er es sagte.

Sie konnte nicht anders als zu kichern. „Geh. Spielen. Tougher Cowboy.''

Er grinste breit. „Oh, ja, ich werde da rausgehen und das Spiel schneller zu Ende bringen, als du blinzeln kannst. Und dann unterhalten wir uns unter vier Augen.'' Er zwinkerte, dann drehte er sich um und joggte davon.

Während sie zusah, wie er sich zu den anderen gesellte, setzte sich Sugar ins Gras. Ihre Beine würden sie nicht länger halten. *Was, oh, was tat sie da nur?*

Sie hatte die ganze Woche Probleme gehabt. Genau genommen seit dem Sturm, doch es war der Abend gewesen, an dem sie mit ihm gesprochen hatte, nachdem sie Stacy geholfen hatte. Da hatte sich ein Schalter in ihr umgelegt. Sie hatte mit der Gefahr geflirtet, und sie wusste es. Sie hatte sich natürlich vom ersten Tag an zu ihm hingezogen gefühlt, doch an diesem Abend hatte er die schönsten Dinge gesagt. Er glaubte wirklich an sie. Und er wollte, dass sie ihren Traum wahrmachte. Er hatte es nicht gesagt, doch sie konnte sehen, dass er tiefe Gefühle für sie hatte.

Und dann war da noch das Kussproblem. Sie hatten die ganze Zeit ihre letzte Szene geprobt und sich nie wirklich geküsst. Sie hatte gewusst, dass er sich kaum zurückhalten konnte, und das hatte sie in den Wahnsinn getrieben.

Und jetzt hatte *sie* eine Grenze überschritten.

„Also, lass hören!", sagte Lacy und ließ sich neben ihr ins Gras fallen. „Du siehst den Cowboy da an, als wäre er ein Glas Wasser und du seit einer Woche in der Wüste am Verdursten."

Sugar riss ihre Augen von Ross los, der sich gerade nach einem hohen Ball streckte. Er sah toll aus. „Was hören? Da gibt's nichts zu hören."

Lacy lächelte, stützte sich auf ihre Hände, streckte ihre Beine im Gras aus und schlug die Knöchel übereinander. „Mmm-hmm, wenn das deine Version ist, ist das cool. Ich wollte mich nur bedanken, dass du Stacy was von deiner Zeit geschenkt hast. Ich versuche, sie dazu zu bringen, aus sich herauszukommen, doch es ist ein langsamer Prozess. Ich war wirklich aufgeregt, als sie mir gesagt hat, dass es ihr am Montagabend Spaß gemacht hat, mit dir zu lesen, und dass ihr es bald wieder tun werdet. Nur damit du es weißt, sie hat es wirklich genossen. Du könntest mit dem, was du tust, eine Antwort auf ein Gebet sein. Was du getan hast, ihr deine Zeit zu schenken, war ein großer Segen, Sugar."

Sugars Herz schwoll bei ihren Worten. „Weißt du, Lacy, es war ein Segen für mich, mehr als Stacy jemals wissen wird. Ich habe mich noch nie so gefühlt, etwas, das mir so viel bedeutet, mit jemand anderem zu teilen. Und ich denke, mit der Zeit und mit ein bisschen Glück könnte sie auf diese Bühne gehen und selbst auftreten."

Lacys blaue Augen weiteten sich, und ihr Lächeln blitzte auf, wie das eines Kindes vor einem Weihnachtsbaum. „Das wäre in vielerlei Hinsicht ein Wunder. Du bist gut für Mule Hollow, Sugar. Ich hoffe, du weißt das. Ich meine, ich weiß, dass du Pläne hast, nach Hollywood zurückzukehren. Und nachdem ich deine Fähigkeiten gesehen habe, verstehe ich vollkommen, dass du morgen berühmt sein könntest." Sie hielt inne und pflückte einen Grashalm, bevor sie Sugar mit einem intensiven Blick durchbohrte. „Oder vielleicht hat Gott dich auf eine andere Art von Ruhm vorbereitet, als du dachtest."

Vor sechs Wochen – nein sogar vor zwei Wochen – wäre Sugar von einer solchen Bemerkung frustriert gewesen. Doch sie wusste, dass Lacy das Herz eines Missionars hatte. Lacy war nach Mule Hollow gekommen, um ihren Salon zu eröffnen, damit sie miterleben konnte, wie all die Frauen in die Stadt zogen. Lacy hatte ein Herz für andere Seelen.

Sugar seufzte. Die Antwort, die sie immer gab, kam nicht. Stattdessen schnürte sich ihre Kehle zu. Sie war so aufgeregt gewesen, die Show zum Laufen zu bringen, damit sie ihre Kritiken sammeln und dann zu größeren und besseren Dingen übergehen konnte … doch gab es etwas Größeres und Besseres als das, was sie hier in dieser winzigen Stadt gespürt hatte?

„Ross machst du definitiv glücklich", sagte Lacy und unterbrach ihre Gedanken.

Sugar blickte auf den Volleyballplatz, und ihr Blick fiel ganz automatisch auf ihn. *Er machte sie glücklich.* Er war im Moment in der hinteren Reihe, und er schien sie trotz des verbissenen Ballwechsels zu beobachten, anstatt sich auf das Spiel zu konzentrieren.

Ihre Blicke begegneten sich, und ihr Magen schlug einen Purzelbaum. Er sah sie an, als ob er sie liebte, und sie wusste, dass, solange sie lebte, nichts damit vergleichbar sein würde. Jemand rief seinen Namen, und Ross riss seine Aufmerksamkeit zurück auf das Spiel, gerade als der Volleyball über das Netz schoss und ihn zwischen die Augen traf – oder ihn getroffen hätte, wenn nicht ein lindgrüner Blitz von wedelnden Armen und Beinen „Meiner, meiner, meiner!" gequietscht und ihn zuerst zu Boden gerissen hätte.

KAPITEL ZWANZIG

Aus seiner im Sand liegenden Position öffnete Ross ein Auge und blickte zu der Menge auf, die ihn umringte. Sein Knöchel brannte wie die Hölle, sein rechtes Auge schwoll an und pochte, er konnte kaum atmen, und auf seiner Brust lag ein … ein lindgrüner Schmerz!

Zum Glück streckte jemand die Hand aus und half Esther Mae von ihm herunter, damit er endlich Luft holen konnte. Doch dann kam Sugars Gesicht in den Fokus – in seinem unversehrten Auge – und raubte ihm wieder den Atem.

„Oh Ross, du siehst furchtbar aus. Was kann ich tun?", fragte sie und sank neben ihm in den Sand.

Er dachte, er könnte jeden hinter ihr grinsen sehen, doch andererseits war alles, worauf er sich konzentrierte, sie. Bereit, die Schuld Esther Maes rechtem Haken zu geben, grinste er Sugar an und sagte das Erste, was ihm in den Sinn kam.

„Du kannst mich heiraten."

Ja, er hatte den Verstand verloren. Und es war ihm egal.

Sie blinzelte, und die Menge verstummte.

„Willst du nichts darauf antworten, Sugar?", polterte Applegate nach ein paar Sekunden Schweigen. „Ross, es wird Zeit, dass du endlich zur Besinnung kommst. Schade nur, dass Esther Mae dir ein blaues Auge schlagen musste, dass du es endlich tust!"

Sugar sagte immer noch nichts.

Applegate gab nicht auf. „Ich dachte schon, dass ihr beiden keinen Funken Verstand habt", sagte er zur versammelten Gemeinde. „Doch langsam sieht es besser aus."

„Sugar?", sagte Ross und setzte sich langsam auf. Sein Knöchel schmerzte immer noch höllisch, doch der Ausdruck in ihren Augen war zehnmal schlimmer. Er war ein erstklassiger Idiot gewesen. Er hatte es überstürzt und sie unter Druck gesetzt. Jetzt konnte er sehen, wie sie dichtmachte. „Sag was!"

„Ich weiß nicht, was ich sagen soll."

„Ach", stöhnte Stanley. „Also das ist einfach nicht richtig."

„Kommt schon!", rief Lacy, „lasst uns den beiden

etwas Luft zum Atmen geben. Wie wäre es, wenn wir uns alle über das Eis hermachen?"

Ross hätte die Frau umarmen können, als alle ihr folgten und sich zu den schattenspendenden Bäumen zurückzogen, wo Kühlboxen mit selbstgemachter Eiscreme standen.

„Das war kein Witz, Sugar", sagte Ross, als sie allein waren. Sie stand auf und trat von ihm zurück. Er versuchte ihr zu folgen, doch sein Knöchel gab nach, und er stolperte.

„Dein Knöchel braucht Eis", sagte sie, ergriff dann seinen Arm und zog ihn über ihre Schultern. „Stütz dich auf mich und lass uns welches draufpacken."

Sein Knöchel war ihm egal, doch er würde sich nicht über die Ausrede beschweren, ihr so nahe zu sein. Andererseits wusste er, dass er allein nirgendwo hingehen würde, so, wie sein Knöchel anschwoll. Esther Mae hatte ihm wirklich zugesetzt.

Allerdings nicht mehr als Sugar in dem Moment, als sie in die Stadt gekommen war.

Neben einer blauen Kühlbox stand ein Stuhl, und er ließ sich darauf nieder, während Sugar einen weiteren Stuhl heranzog und vorsichtig seinen Fuß darauf legte. Sie sah ihn nicht an. „Zieh deinen Schuh aus, während ich Eis für dich einwickle."

„Ja, Liebes", sagte er und lächelte, obwohl er

furchtbare Angst hatte. Er wusste, dass das richtig war. Sugar sollte bei ihm sein. Er zog seinen Schuh aus und sah zu, wie sie eine große Serviette von einem Tisch in der Nähe nahm. Ihre Bewegungen waren unbeholfen und ruckartig.

„Ich kann nicht glauben, dass du mich gebeten hast, dich zu heiraten", sagte sie und füllte die Serviette mit Eis.

„Das tut man nunmal, wenn man verliebt ist, Sugar." Schließlich begegnete sie seinem Blick, als sie behutsam das Eis auf seinen Knöchel legte. Ihre Hände zitterten.

„Wenn du mich liebst, Sugar, dann können wir einen Weg finden. Es ist mir egal, ob du nach Hollywood gehst und Filme machst – na ja, zugegebenermaßen habe ich ein Problem mit dem Küssen. Ich will nicht, dass du jemanden außer mir küsst – aber solange ich weiß, dass du zu mir nach Hause kommst, kann ich damit umgehen. Ich will das mehr als das Leben selbst."

„Ross", sagte sie, stand auf und begann, auf und ab zu gehen. „Es ist einfach nicht so einfach. Sicher, alles hat sich irgendwie verändert, seit ich hier bin, aber …"

„Liebst du mich?" Er wünschte, er hätte aufstehen können.

Sie stemmte eine Hand in ihre Hüfte. „Ja. Und das

weißt du sehr gut, Cowboy. Aber du spielst nicht fair."

Er grinste, sein Herz schwoll, und selbst mit dem verstauchten Knöchel schaffte er es, aus dem Stuhl aufzustehen. „Das ist wahr, ich gebe es zu. Ich habe es versucht – aber wenn wir von fair spielen reden? Du bist diejenige, die mein Herz gestohlen hat und die nicht aufgehört hat, bis ich zugestimmt habe, jeden Tag mit ihr zu arbeiten. Ich konnte nicht anders, als mich danach in dich zu verlieben. Du bist diejenige, die mich so lange gedrängt hat, bis ich angefangen habe zu träumen." Er nahm ihre Hand. „Wir bauen hier etwas auf, du und ich. Ja, ich glaube, Gott wird dich auf großartige Weise gebrauchen, das tue ich. Aber ich habe da draußen während des Spiels nachgedacht, während ich dich angesehen habe – kurz bevor Esther Mae mich k.o. geschlagen hat. Vielleicht hat Gott mich in dein Leben geschickt, um deine Unterstützung zu sein. Um dir beizustehen und dir zu helfen. Und dass du dasselbe für mich tust."

Er redete ohne Punkt und Komma, versuchte alles herauszubekommen, alles in seinem Herzen auszusprechen. Versuchte, die richtigen Worte zu finden, die zu ihr durchdringen würden. „Ich weiß nicht, Sugar, es gibt so viele Dinge, so viele positive Dinge, die mir durch den Kopf gehen, dass ich Stunden brauchen würde, um alles zu sagen. Und das werde ich, aber du weißt schon alles. In deinem Herzen weißt du es." Er nahm ihr Gesicht in seine Hände und sah ihr in die Augen, um sie dazu zu bringen, all seine Gefühle zu sehen.

Sie nickte. „Ich weiß. Ich lebe schon so lange für meinen Traum. Du hattest Recht, ich lebe schon so lange für die Zukunft, dass es mir schwerfällt, im Heute zu leben."

„Aber Gott hat uns heute gegeben. Jetzt. Er hat uns morgen nicht versprochen. Und ich möchte keine weitere Minute verschwenden, ohne zu wissen, dass du mir gehörst."

„Oh, Ross, aus deinem Mund hört sich das so einfach an."

„Ich bin sicher, es wird Zeiten geben, in denen es nicht so ist. Ich bin sicher, wir müssen Kompromisse eingehen und auf das Wohl des anderen Rücksicht nehmen. Aber dich zu lieben … das ist der einfache Teil."

Sugar wusste, dass alles, was er ihr sagte, wahr war. In ihrem Herzen hatte sie bereits gewusst, dass sich ihr Leben verändert, sich zum Besseren gewendet hatte. Sie musste nur den Mut haben, alles anzunehmen, was Gott ihr anbot. Sie hob ihre Arme und schlang sie um Ross'

Hals. Sie sah seine Liebe in seinen Augen und schöpfte Kraft daraus. Dies war richtig. Sie sah eine Zukunft, von der sie nie geträumt hatte. Möglichkeiten, an die sie nie gedacht hatte, bis er in ihr Leben getreten war. Sie dachte daran, was sie mit dem Theater aufbauten und wie sie Teil einer Gemeinschaft sein konnte, die sie liebte. Doch vor allem dachte sie daran, wie sehr sie Ross liebte. Träume mochten kommen und gehen, doch sie sah dem in die Augen, von dem sie wusste, dass sie ihn für immer haben wollte.

Sie lächelte. „Es ist vielleicht nicht immer einfach", warnte sie.

Er lächelte zurück, legte seine Arme um sie und zog sie an sich. „Ich kann damit umgehen, erinnerst du dich? Ich bin dein Held. Bitte erlöse mich aus meinem Elend, und sag, dass du mich heiraten wirst, damit wir damit anfangen können, diese Show auf die Beine zu stellen."

Sugar lachte und spürte, wie sich ihre Welt zusammenfügte. „Oh, Ross, es wird eine wundervolle Show, nicht wahr?"

„Ein Kassenmagnet", flüsterte er gegen ihre Lippen, während er sie über seinen Arm beugte und sie von ganzem Herzen küsste, während von der anderen Seite des Rasens begeistertes Johlen herüberdrang.

EPILOG

Am Premierenabend stand Sugar Ray mit pochendem Herzen hinter der Bühne. Die Bemühungen aller hatten sich gelohnt, und es war unglaublich, das volle Haus zu sehen. Die Tickets für die anderen Shows an diesem Wochenende waren ebenfalls fast ausverkauft, und obwohl sie sich keine Illusionen machte, dass das immer der Fall sein würde, war es ein gutes Omen am Premierenwochenende. Gott war so gut. Sie spähte durch den Vorhang, den Adela genäht hatte, und warf einen Blick nach oben zum Heuboden. Applegate und Stanley, die aussahen wie Generäle, die ein Schlachtfeld beaufsichtigen, beobachteten die Menge, während sie sich darauf vorbereiteten, die Lichter zu dimmen. Ross hatte die Besetzung und die Crew bereits zu einem Gebet zusammengerufen.

Sugar hatte ihr eigenes Dankeschön in das Gebet aufgenommen, weil sie sich so glücklich und gleichzeitig überwältigt fühlte, dass die Stadt so mit angepackt hatte, um ihren Traum wahrzumachen. Die Frauen aus dem Frauenhaus hatten draußen einen Erfrischungsstand aufgebaut, und Norma Sue und Esther Mae begrüßten alle an der Tür und verteilten Programme. Lacy, Sheri und Haley halfen dabei, das Chaos hinter den Kulissen zu organisieren, Sugar zu beruhigen und ihr beim Kostümwechsel zu helfen, neben einer Vielzahl anderer kleiner Dinge, die erledigt werden mussten. Ihre Männer beaufsichtigten den Parkplatz.

Und dann war da Molly. Sie hatte unglaubliche Arbeit geleistet, die Show in ihren Artikeln zu promoten, und saß jetzt da draußen, lächelte wie ein wahrgewordenes Gebet und winkte, als sie Sugars Blick begegnete. Ihr Bericht über die Generalprobe in der Woche zuvor war fast zu gut gewesen, doch Ross hatte ihr versichert, dass das Lob absolut verdient war.

Sugar blickte auf und sah, dass Ross und Will sich die Hand schüttelten. Dann ging Ross hinüber und klopfte Applegate und Stanley auf die Schultern und sagte etwas Aufmunterndes zu ihnen, bevor er zu ihr ging. Die Show würde gleich anfangen.

Ross lächelte, als er vom Laufsteg die Treppe

277

herunterkam. „Bist du bereit?", fragte er, seine Augen leuchteten vor Aufregung.

Er hatte in so vielen Dingen Recht gehabt. Es war so viel aufwendiger gewesen, das Theater aufzuziehen, als sie erwartet hatte, doch gemeinsam hatten sie es geschafft. Sie war Ross so dankbar. Und so verliebt in ihn. Sie liebte ihn mit jedem Tag, den sie zusammenarbeiteten, mehr und mehr.

Sie holte tief Luft. „Ich war mein ganzes Leben lang bereit", sagte sie, schmiegte sich dann in seine Arme und umarmte ihn mit Herz und Seele.

„Hey, was ist das?", fragte er und schlang seine Arme um sie. Sugar legte ihre Wange an sein Herz und schöpfte aus der Quelle der festen Zuversicht, die sie immer in seinen Armen fand. „Du zitterst", flüsterte er ihr ans Ohr.

Sie schloss die Augen. „Mir geht's gut. Du musst mich nur für eine Minute halten. Du musst wissen, wie viel mir das bedeutet. Wie viel alles, was du getan hast, mir bedeutet hat. Danke!"

Er schloss seine Arme fester um sie, und sie spürte, wie seine Lippen über ihr Haar strichen. „Ich bin dankbar, dass Gott dich in mein Leben geschickt hat, Sugar. Ich danke ihm jeden Tag. Ich hatte mehr Spaß daran, dieses Theater in Gang zu bringen und die Erfahrung mit dir zu teilen, als ich es je zuvor in meinem

Leben hatte. Das mit dir aufzubauen ist ein wahrgewordener Traum."

Beide wurden still, als das Licht gedimmt wurde.

„Bist du bereit?", flüsterte er an ihrem Ohr.

Sie sah, wie Lacy und Haley sie anlächelten und auf ihr Signal warteten.

„Lass uns das machen", sagte Sugar und blickte in Ross' liebevolle Augen auf. Sie stellte sich auf ihre Zehenspitzen und küsste ihn, bevor sie seine Hand in ihre nahm. Gemeinsam betraten sie die Bühne, um alle zur ersten Aufführung von *Sing für mich, Cowboy* willkommen zu heißen.

Und beide wussten, dass es der Auftritt ihres Lebens werden würde

Weitere Bücher von Debra Clopton

Die Holden Brüder – Die Cowboys von Mule Hollow
Das Herz eines Cowboys
„Das Vertrauen eines Cowboys"
Die Wahre Liebe Eines Cowboys

Windswept Bay
Von Diesem Moment An
Irgendwo Mit Dir
Mit Diesem Kuss & Für Immer Und Ewig
Warten Auf Liebe
Mit Diesem Ring
Mit Diesem Versprechen
Mit Diesem Schwur
Mit Diesem Wunsch
Mit dieser Ewigkeit

Die Cowboys von Ransom Creek
Ihr Cowboy-Held (Vorgeschichte)
Braut zu mieten
Cooper
Shane
Vance
Drake
Brice

Über die Autorin

Die Bestseller-Autorin Debra Clopton hat bereits über 2,5 Millionen Bücher verkauft. Ihr Buch OPERATION: MARRIED BY CHRISTMAS soll sogar als ABC Familienfilm verfilmt werden. Debra ist bekannt für ihre modernen Westernromanzen, texanischen Cowboys und temperamentvollen Heldinnen. Romantik und eine Prise Humor werden immer miteinander verflochten, um den Leser zum Lächeln zu bringen. Als Texanerin in sechster Generation lebt sie mit ihrem Ehemann auf einer Ranch im Herzen von Texas und freut sich immer über Zuschriften von ihren Lesern.

Besuche Debras Website unter
debraclopton.com/deutsch

Melde dich für ihren Newsletter
www.subscribepage.com/KostenloseTexascowboyrom antik

Triff sie auf Facebook unter
www.facebook.com/debra.clopton.5

Folge ihr auf Twitter unter @debraclopton

Kontaktiere sie unter debraclopton@ymail.com